Rautatie

铁 路

尤哈尼·阿霍◎著

余志远◎译

中国青年出版社

（京）新登字 083 号

图书在版编目（CIP）数据

铁路 / （芬）尤哈尼·阿霍著；余志远译. —北京：中国青年出版社，2017.10
（芬兰文学丛书）
ISBN 978-7-5153-4928-2

Ⅰ．①铁... Ⅱ．①尤... ②余... Ⅲ．①中篇小说—芬兰—现代
Ⅳ．① I531.45

中国版本图书馆 CIP 数据核字（2017）第 236681 号

责任编辑　侯群雄　岳　虹
装帧设计　刘红刚

出版发行　**中国青年出版社**
社　　址　北京东四十二条 21 号　邮政编码：100708
网　　址　www.cyp.com.cn
门 市 部　010-57350370
编 辑 部　010-57350402
印　　刷　三河市君旺印务有限公司
经　　销　新华书店

规　　格　880×1230　1/32
印　　张　6.625
字　　数　140 千字
版　　次　2017 年 11 月　北京第 1 版
印　　次　2017 年 11 月　河北第 1 次印刷
定　　价　24.00 元

本图书如有印装质量问题，请凭购书发票与质检部联系调换
联系电话：（010）57350337

目录

前　言

尤哈尼·阿霍(Juhani Aho, 原名 Johannes Brofeldt)，1861 年出生于芬兰东部萨伏省的一个牧师家庭。1880 年至 1884 年他在赫尔辛基大学学习 4 年，但没有获得学位。他在大学时就显示了他的文学才能。1883 年他的早期作品短篇小说《当父亲买灯的时候》就在萨伏－卡累利亚地区大学生写作比赛中获奖，这也标志着阿霍写作生涯的开始。

《铁路》是阿霍在 1883 年发表的成功之作。火车在当时是一种新事物。阿霍通过农村一对老年夫妻第一次坐火车的故事，描绘了与现代文明隔绝的、自给自足的农村生活，带有浪漫主义的色彩。阿霍还写了一些描写知识分子的作品。《牧师的女儿》(1885)和《牧师之妻》(1893) 则是描写妇女的不幸婚姻。这两部著作中，人物形象的刻画明确且带有忧郁的色彩，他对自然的描写是很抒情的。《海尔曼老爷》(1884) 是一部讽刺庄园土生活的中篇小说，这部作品的发表曾引起争议，阿霍在该作品的第二版中作了某些删减。阿霍着重描写人物思想和心理活动的作品有《到赫尔辛基去》(1889)、《孤独》(1890) 和《忠实》(1891)。从 1890 年起，阿霍作品的题材和风格都开始发生变化。历史小说《巴奴》

(1897) 和《春天和残冬》表明阿霍已转向了浪漫主义。阿霍最成功的小说是《尤哈》(1911)，题材和风格都有革新的色彩。故事情节有点像《牧师之妻》中的三角恋，只是故事的发生地点放到了芬兰东部卡累利亚地区。主人公尤哈娶了年轻的妻子玛丽亚，通过玛丽亚与人私奔，反映出她的贪婪和尤哈的保守和忠厚。这部作品至今仍受人们喜爱，曾两次改编成歌剧，四次拍成电影。

阿霍还创作了许多幽默、讽刺短篇小说，共有 8 集，称为《刨花集》(1889—1921)，这些短篇小说在他作品中占有重要的地位。他的作品大多数都是描写芬兰普通人的生活，所以他被誉为"芬兰人民形象"的塑造者。阿霍是芬兰 19 世纪 80 年代文坛上的中心人物，既是一位现实主义作家，也是一位很有创造性的散文大师，在芬兰文学史上的地位仅次于基维。

在翻译阿霍作品的过程中，译者得到了芬兰专家 Risto Koivisto 和 Pirkko Luoma 的大力帮助。另外，本书的出版还得到了中国青年出版社和芬兰 FILI (Finnish Literature Exchange) 的帮助。谨此向他们一并致谢。

余志远

2015 年 5 月于北京

铁 路

一

屋外，寒风呼啸地吹着，掠过四周的栅栏，把晨雾吹进了树林和草丛。早晨的阳光照得教堂和钟楼顶上的十字架金光闪烁。阳光高高兴兴地射进了寒霜覆盖着的白桦树林，照亮了从近处和远处的烟囱缭绕而出的每一根烟柱。路虽然在悲痛绝望地哭泣着，但在雪橇的滑杆下还没有像临死时那样号叫。

云杉树顶上栖息着一只喜鹊，它的脖子短粗，它的脑袋就缩在羽毛里。天刚破晓，喜鹊就离开它在农田后边松林里的巢穴，穿越谷仓，飞过畜棚，来到牧师府的花园，因为这儿的桦树中间孤零零地耸立着一棵云杉树。

喜鹊还没有吃早餐，因为厨房的门还关着，牧师府的院子里看来还没有什么动静。昨天，好心肠的女仆把剩菜扔给喜鹊吃；昨天，庄园里车水马龙，热闹非凡，一匹马从里面走出来，另一匹马就走了进去。

瞧，现在有人驾着雪橇从圣器储藏屋后面走过来了，是不是他来了？这个人还没有到院子里呢，他转向冰冻的湖面，从牧师府下经过，沿着冰面缓慢地走着，马儿身上冒着热气，人的胡子上结满了冰碴儿。喜鹊变得很悲伤，因为它饥寒交迫，现在连它的朋友猪哥都不愿意嘲笑它了。这当儿猪哥正在猪圈门口用嘴拱来拱去，昨天喜鹊还嘲笑猪哥哩，而现在它不想这样做了。

喜鹊把脑袋缩在羽毛里，它什么也不关心，什么也不考虑。

喜鹊没有注意到，一个马夫正沿着冰面从岬角后面走来，爬上堤岸，进入院子。他把马儿先在厨房前面停下，然后拉紧缰绳又往前走了几步，转身朝着院子另一端靠近大门的桦树走去。

"唧！唧！"

现在喜鹊才注意到这个人，它一面叽叽喳喳地叫，一面摆动它的尾巴，它高兴得蹦跳起来，从树顶上飞了下来，一直飞到花园栅篱的柱子上。

这个人把马系在桦树旁，把马衣放在马背上，在树皮筐里倒了一些燕麦给马吃，然后又把马衣整理了一下——

"他现在是不是不走了？"

当喜鹊发现这个人朝着厨房走去，在厨房门口掸掉脚上的雪准备走进去时，它就飞到大门旁那棵桦树顶上，歪着脑袋，眼睛穿过树枝往下偷看着。当它再也看不见这个人时，它就飞到最下面的树枝上，现在它感到很好笑——只要它有胆量，它就可以抓到东西。喜鹊用力一蹦就蹦到地上，马儿把两只耳朵伸向后面，喜鹊心里越来越感到好笑。

此时牧师正站在他房间的窗户旁，对着玻璃从他的烟斗里喷出一股股很长的烟来。他等待着，他观望着，看看喜鹊到底敢不敢抓取东西。牧师边等待边微笑，他连烟都不抽了，因为他看见——

"啊哈，啊哈！它已经抓到东西了，它抓到了什么东西？"

"请牧师大人喝咖啡。"从背后传来女仆的声音。

"把它放在桌上——嘎斯，嘎斯！现在喜鹊又——它又——不行，牝马不让它——那不就是科塔乌斯村马蒂的牝马吗？"

"大概是他的马，现在马蒂在厨房里，听说他找您有事儿。"

"叫他到这儿来，他有什么事？"

"我没有问他。"

"他也许是要交租子，雪橇上有麻袋。告诉他，让他走前门。"

牧师在他的摇椅上坐了下来，把烟杆竖放在一条桌腿旁，然后开始喝咖啡。不过，他总是不时地向后仰，想看一眼喜鹊和马蒂的马。

"不知道它现在还敢不敢。"

牝马用后腿踢来踢去，但喜鹊已经飞到了谷仓的屋檐下。它停在那儿，愁眉苦脸地低头看着地面

马蒂已经走进了门廊，他正在跺脚哩。

"早上好，牧师大人！"

"早上好，马蒂！你过得好吗？"

"马马虎虎。您呢？——天气有点儿干燥。"

"零下 20 摄氏度——马蒂，你坐，这儿有椅子。"

"呃，我已经坐下了——零下 20 摄氏度，是吗？"

"昨天是零下 30 摄氏度。"

"噢，昨天是零下 30 摄氏度。"

"马蒂是直接从家里来的吗？"

"从家里来的。如果牧师大人觉得可以收的话，那我就打算

把我的租子交了。我一直没有交，可是昨天莉萨对我说：'明天你去把租子交了，否则牧师大人还以为你也许不交。'"

"你租子交得还算及时。"

"要是现在有人在收租的话，那我就直接把麦子拉到仓库门前，然后我就可以卸下马具，让马去吃东西了。"

"监工大概在厅堂的工作间里。马蒂，交完租子后到这儿来抽烟。"马蒂走后，牧师又摇动他的摇椅，摇到他能朝窗外的院子里张望的这个位置。

一头猪已经钻进了雪橇，用嘴在麻袋上拱了个窟窿。马衣从马背上掉到了地上。一头猪钻进马衣，缠着马衣在雪地里打滚。喜鹊东蹦西跳，一会儿跳到这头猪的背上，一会儿又跳到另一头猪的背上。马儿摆动系在它身上的铃铛，它偷偷地张望着。

"去，去，这些蠢猪！"马蒂在台阶上就吼道，他抓住一个扫帚把匆匆忙忙冲了过去。那头把麻袋拱了个窟窿的猪就挨了一棒。它痛得哇哇大叫，马上跳下雪橇，躲到边儿上，恰好碰上另一头猪。它们俩一起跑了一阵，然后停下来偷听着，两个脑袋互相碰在一起。但喜鹊却急匆匆地飞到院子的另一头。牧师觉得这一切非常有趣，于是哈哈大笑起来。

马蒂跑进了厅堂，随后跟监工一起出来后就赶着马来到仓库前。那些猪想跟着过来，但是，当马蒂再一次厉声叱喝，它们就不敢再往前走了。不过喜鹊却从云杉树飞到雪橇上，开始吃它的早餐了。

"这个老头儿虽然身材矮小，但还相当强壮。"当牧师看见马蒂把一大麻袋麦子从雪橇扛进仓库时，他心里想，"我虽然要比他年轻，但我可扛不动。"牧师坐着摇椅又摇了一阵，同时对着天花板从嘴里喷出烟来。

"但他一个孩子都没有。"（牧师已经有7个孩子）一个个烟圈先在空中飘浮着，越变越大，并且越升越高，然后碰到天花板后又弹了回来，破裂成一个个小圆圈儿。

"没有孩子，不过他结婚时间却比别人都长——他结婚大概有多久了？有人结婚后有孩子，有人没有孩子，这又怎么样呢？"

是的，马蒂没有孩子。他有妻子，名叫莉萨，家里再没有其他的人。他们俩住在位于科塔乌斯村牧师府林地内的一座木屋里。他们俩都老了，生活在一起已经很长时间——家里什么东西都很小。马儿很瘦小，是一匹老牝马，不过还很有力气；莉萨的奶牛也很瘦小。世界上别的事情他们就知道得很少，外面世界对他们也知道得很少。每年他们跟别人接触只有很少那么几次——圣诞节他们一连三天都去教堂做礼拜，仲夏节和耶稣受难日他们到教堂参加圣餐礼。一月底，马蒂通常去牧师府向牧师交租子，从牧师夫人那里替莉萨换取麻棉。除此之外，他们就生活在偏僻的树林里。春天，马蒂在林中砍伐出一小块空地，来年夏天，他就焚树播种。经过他细心耕耘，他把这一小块地一半种裸麦，一半种马铃薯。收获牧草的时候，他跟莉萨一起在牧草地和溪流旁收割牧草，为他家的牛马准备饲草。秋天来临时以及冬天那段时间里，马蒂在林子里捕捉禽鸟和野兔。马蒂一辈子没有使用过猎枪。夏天，莉萨帮着马蒂干些野外的活儿，冬天，她就在家里喂牛、猪和猫，然后从米迦勒节到圣灵降临节，她就给牧师夫人纺线织布。

"马蒂这个人还很有力气。"监工说。他跟马蒂一起走出仓库，马蒂把空麻袋扔在雪橇上。

当马蒂听见有人说他很强壮时，心里总是乐滋滋的，而且他总是这样回答说：

"你们说我有力气，但我可是个小老头儿哩。你们不该耍弄老人，监工先生要比我还强壮。"

"不，我没有你那样强壮，马蒂说什么——他不强壮？100多斤重的麻袋他都能扛在肩上。"

"没有那么重，大概80斤左右。"

"那也相当重啊！"

"我现在不行了，但是当年我年轻的时候可不一样。"马蒂眨了眨眼睛把他每次交租时讲的故事又讲了一遍。故事是这样的：当时他在现在这个牧师府里打工，有一次他在打谷场打麦子，装满麦子的麻袋正在运往谷仓，这时有个长工——虽然长得人高马大，但他是个懒汉——说他扛不动分给他扛的那个麻袋，他试了一下就说他不行。当时马蒂就说："没有你我们照样能干。"说完后他就背起两个麻袋，一个肩膀扛一个，并且对这个家伙说："如果你想这样做的话，你可以跳到麻袋上来，这样你就可以免费搭车，跟我一起回到院子里去。"这时监工刚从已故教区长（根据马蒂记忆现在这个是第三任教区长）那里端着酒走了过来。

"要是我现在还能扛那么重那就好了。我老了，酒也喝不了啦。"

"从那时起莉萨就爱上你了，对吗？"监工说，马蒂假装听不懂监工讲的是什么意思。

"我不知道她干了些什么——驾，驾！"

马蒂把马转向后院。监工跳上雪橇后面的滑杆。

"从此以后莉萨心里就想着马蒂，你是属于她的——我当然知道！"

监工这样说，因为他知道马蒂喜欢听这样的话。监工在其他情况下总是趾高气扬，不过有时他也开玩笑。

"说真的，情况的确是这样，从此以后莉萨爱上了我。不过当有人对她这样说时，她假装没有听见。而她嘴上却对我说：'别这样认为，你这一辈子可是个窝囊废！'但她心里并不这样认为。"

"从此以后她喜欢你了，难道莉萨没有亲自向你表白吗？"

"监工先生，你怎么全都知道？"

"是人家告诉我的。"

"是不是你自己头脑里想出来的？"

"不是，听说是莉萨自己说的。"

"莉萨自己说的？虽然我知道是这么一回事儿，但莉萨是不会到处去说的。大伙儿认为我是穷光蛋，不过等着瞧吧，地里的虫子也要翻三番。"

"莉萨曾经也是个铁姑娘。"

"监工先生，你呢？你的情况怎么样？莉萨说圣诞节她注意到——"

"注意到什么？"

"她注意到厨娘跟监工——"马蒂继续狡黠地看着工头。

"是我吗？不，不是我！这都是婆娘们的流言蜚语！"

"监工先生，请您在饲草里再多加点儿面粉。"

"这已经够了。"

监工决定告诉马蒂一条消息来惊吓他一下，于是他开口说道：

"马蒂恐怕不知道吧，我很快要当站长啦。"

"什么长啊？"

"站长。"

"什么是站长？"

"站长是这样的一个人，他是指引道路的人。他来到车站后就来回走动——白天拿的是旗子，夜里拿的是油灯。如果可以通过就用白色，如果要让它停住就用红色。这种工作很棒。"

马蒂觉得这种工作很怪，可是他没有对监工这样说，他只是问道："监工先生，您为什么要离开这个庄园呢？"

"牧师大人是拉比湾总监的亲戚，所以我来到了拉比湾教堂村。"

"我们这儿的教堂村大概不需要这样的引路人，对吗？"马蒂说。

"这儿不需要，而那儿有铁路。"

"铁？路？"

"它从卡雅尼到库奥比奥——沿着这条路甚至可以到国外，要是想这样做的话，就可以去赫尔辛基。"

"是不是沿着这条路？"

"是的，是的，你只要坐在车厢里就行了。"

"就可以去赫尔辛基？"

"只要一趟车，可以直达！"

"难道路上不用喂东西吗？"

"不用，铁路上的马儿边跑边吃。马蒂，你知道铁路上的马儿吃什么吗？"

"我可不知道。"

"它们吃劈柴。"

"监工先生，别耍弄我这个老头儿吧，边跑边吃劈柴？我不相信。"

"它们吃劈柴。"监工十分肯定地说。

当马蒂发现他被人愚弄时，他就中断一切谈话。他装作不再听监工说话，咬住嘴唇，把准备好的饲草放在正在用嘴到处乱搜的牝马前面。

监工觉得不值得向马蒂再作任何解释，他把钥匙圈儿搭在肩上，慢吞吞地走向客厅。

他以为被人耍弄了——"你错了，你这个可怜虫！"

马蒂仔仔细细地把马衣和毛毯盖在马的身上，然后就去找牧师谈话。

"麦子都称过了——12 加巴 *——小佃户的地租也就是这个数了。"马蒂说，他走进牧师的房间，在门口的木箱上坐了下来，这个木箱是用来运送教义问答等书籍的。

"马蒂，你坐到里面来，这儿有的是椅子。"

"我坐在这儿就行了。"

"这儿有烟斗，那儿有烟草。"牧师给马蒂拿来了烟斗，并且告诉他烟草盒就在砖砌的火炉旁边。

————————————

* 加巴是计量谷物等的容量单位元，1 个加巴等于 5 个蒲式耳。

马蒂在烟斗里装上烟草，擦了一根火柴，用手指把它掐灭，然后小心翼翼地把它放进了火炉。马蒂和牧师坐了一会儿，谁也没有说话。牧师悠闲地摇动他的摇椅，而马蒂从长长的烟斗里慢慢地吹出一个个小小的烟圈。

"马蒂身体还好吗？"后来牧师问道。

"感谢上帝，马蒂身体还好——不过岁月不饶人，马蒂越来越老了。"

"说实在的，马蒂还不算老——你身强力壮，还能扛 100 多斤重的麻袋。"

"牧师大人是在哪儿听到的？"

"我是亲眼看见的。你扛在肩上好像什么也没扛似的。"

"好像什么也没扛似的？——嘿，嘿，嘿！牧师大人真的亲眼看见的吗？"

"我虽然比你年轻，但我绝对背不动。"

"牧师大人肯定背得动的——年轻的时候，我的确扛得动。"马蒂告诉牧师说，当时他在现在这个牧师府当长工，有一次他在打谷场打麦子，装满麦子的麻袋正在运往谷仓，这时有个长工——他实际上是个懒汉，虽然长得人高马大——他准备扛麻袋，但试了一下就说他搬不动。就在此时，马蒂一下背起了两个麻袋，一个肩膀扛一个，并且对这个家伙说："你要是想这样做的话，那你可以跳到麻袋上来，我扛着你一起走进庭院去。"当时监工已经把这个情况告诉了牧师。过一会儿他走过来对马蒂说，为了奖励他，牧师请马蒂去喝酒。

马蒂窥视着牧师。牧师把手伸进口袋，抖动了一下里面的钥匙，站起身来，往前走了两三步，从口袋里拿出钥匙，走到酒柜旁。他像往常那样打开酒柜的门，取出酒瓶和酒杯，他叫马蒂过来拿。马蒂像往常那样客气了一番，他说，对老人来说酒劲会冲上头的，不过他还是像往常那样把酒喝了。牧师把酒瓶和酒杯放回原处，锁上酒柜的门，把钥匙塞进口袋里，在摇椅上坐了下来。

他们又东拉西扯聊了一会儿，有时候彼此一言不发只顾着抽烟。

这时牧师太太走了进来，她跟马蒂握手，并且聊了起来。

太太问马蒂近况如何，又问莉萨身体好不好。马蒂说还可以，莉萨身体很好，现在是有吃有住还要怎么样呢。

"马蒂带莉萨去教堂的次数应该再多一些——马蒂冬天带着莉萨上教堂只是一次，这样太少了。"太太说。

"事实上不止一次，要是努力一下的话，可以去两三次。"

"难道她不想这样做吗？"

"要是有一副眼镜，她很想上教堂，这样她可以自己看书了。"

"马蒂还能不戴眼镜看东西吗？"

"我吗？不，不行。我已经有很长时间不能这样做了，模模糊糊的一片，不管我怎么使劲儿，我还是什么都看不见。"

"马蒂该买一副眼镜了。"

"眼镜？不，不行，我试过了，但就是不行。"

马蒂不敢直视牧师。牧师一边摇动摇椅，一边向天花板吐出一阵阵烟雾。他偷偷地看着马蒂——他知道马蒂的视力不好，事实上他的视力很差。

"要是莉萨每个礼拜都上教堂，那谁来喂牲畜呢？"马蒂说。

"马蒂应该给莉萨雇个女佣人——马蒂不是有钱了吗？"

"我怎么算是有钱了呢？——不，不行，亲爱的牧师夫人，只是能吃饱罢了。"

"听说你还有钱借给别人……"

"这都是流言蜚语——是啊，只是能吃饱罢了。"

"不管怎样，马蒂应该带着莉萨去看一看铁路。也许马蒂已经去看过了，对吗？"

"我没有去看过，铁路在哪儿？离这儿远吗？"

"离这儿不远。我们吃了早饭后离开这儿，在铁路上待半天工夫。"

"铁路离教堂村有多远？"

"马蒂知道不知道拉比湾教堂村？"牧师问。

"我当然知道，不过我没有去过。"

"铁路是从拉比湾教堂村附近经过。"

"它从那儿开始，对吗？"

"早晨坐火车离开那儿，第二天就到赫尔辛基。"

"真快啊！要是去国外，是不是要很长时间？听说可以通到国外。"

"沿着铁路什么地方都可以去，要是路上不停顿的话，五天时间就可以到达法国。"

"那么去美国呢？"

"铁路通不到美国，因为中间有大海。马蒂，你看，从这张地图上，我们可以看见中间有个茫茫大海，这就是大西洋。"

"没错，看见了。"

"不过它跑得很快，这跟我们坐着叮当作响的马车是不同的。"

"也许是这样。"

"不颤动，跑得如此之快，外面的东西就从你眼前飞驰而过。"

"也许是这样。这个工程是官府搞的吗？"

"是的。"

"官府搞这样的东西，毫无疑问，它必须跑得很快，因为官府在它前面用的是种马。不过，我有点儿拿不准，他们说铁路上的马是吃劈柴的，这是真的吗？我觉得不可能是这样，监工是想要弄我。"

牧师和牧师夫人都是聪明人，但是，如果他们觉得有人说了一些蠢话，他们是决不会讥笑他们的。马蒂会从哪儿知道的呢？牧师夫人仔细一想，当她第一次听到别人在谈论铁路时，她首先想到的也是马，她曾经也这样想过：铁路？的确，这是路，是用铁造的路，就像公路*是用土铺的路。

牧师上大学时就见到了赫尔辛基铁路，但他第一次听到铁路时觉得它是什么样子，他现在记不清了。他露出一丝笑容，但很快又开始轻轻地、耐心地进行讲解——

"你看，它是这样的一种东西，它不需要用马拉——车厢是靠蒸汽的力量运行的——马蒂，你见过车厢，不是吗？"

"是的，我当然见过车厢喽！"

"但它跟我们家的车厢不一样——它应该不一样，因为它是靠蒸汽的力量运行的。"

---

* 芬兰语中，铁路 (rautatie) 是 rauta（铁）加 tie（路），公路 (maantie) 是 maa（土）加 tie（路）。

"大概是不一样。"

"它像一间房间。"

"像一间房间？我的天哪！"

"它用蒸汽推动，就像轮船那样。马蒂见过'芬兰号'轮船，不是吗？"

"去年夏天我看见'芬兰号'在教堂村旁的湖面上扑哧扑哧地行驶。"

"是啊，蒸汽推着它在水上航行，牵引车厢的火车头，或者叫机车，也是靠蒸汽推动的，但它不能用叶片而只能用车轮，因为它是在陆地上行驶。"

"也许是这样——在陆地上走怎么能用叶片呢！"

马蒂现在完全明白这是个什么东西了——这个东西像轮船，是抬起来放在车轮上的。

"不过，这个东西还是有点儿怪。牧师大人当然清楚，因为您亲眼见过这个东西。"

"马蒂现在搞清楚了吗？"

"搞清楚了，当然搞清楚了。"

"是的，它就是这样的东西。"牧师太太说，"马蒂，你喝咖啡，吃面包。马蒂的确应该去看一看，带着莉萨一起去。"

马蒂喝着咖啡，但没有做出任何反应。

"是不是不看也该相信这是真的？老年人就不需要到处游玩啦，既然牧师大人已经解释了，我现在当然知道这是个什么东西。"

"谁也不可能向别人真正解释清楚，"牧师太太说，"必须亲眼看到才行——是啊，必须亲自去看一看！"

"谢谢，谢谢！必须亲自去看一看？"

"是的，绝对是这样，带着莉萨一起去。"

"听他们这么一说，恐怕就得去看一看啦。"马蒂心里想。

牧师太太去忙自己的事儿，但牧师和马蒂还在谈天说地。他们谈到人的理智，人类能思考多少，能创造多少，未来将朝哪个方向发展等等。

牧师说："希望人类不要超越自身的力量而乱来。"

"不要出毛病。"马蒂说。

"人类利用上帝赐予的理智，这是件好事。只要不利令智昏，不忘记上帝就行了。"牧师说。他又补充说："火车和铁路都是上帝创造的。"

"绝对不可能是别人创造的。"马蒂同意说。

这个奇怪的东西让他想了很多，它像一间房间，放在车轮上面。然而牧师打了个哈欠，于是谈话就到此为止。接着马蒂就告辞走了。

二

马蒂完全心不在焉，他给马儿套上马具时，忘记把缰绳系在马的嘴上，当他赶着马穿过院了来到厨房门前时，他才发现自己犯的错误——马儿穿过院子，然后从堤岸往下走到冰面上时，它也不急不躁。

但马蒂对马儿这种无礼的行为却忍耐不住了。

"快跑，快跑！——你怎么回事儿？——嗨，嗨，嗨！"

可是马儿却等待着更好听的吆喝声——它假装没听见，仍然慢吞吞地拖着脚步走，就像它在拉大水桶时那样。

"驾，驾，驾！你是不是没听见？"马蒂猛地拉紧缰绳，先拉右边的，然后拉左边的，马儿立即就知道，马蒂不是说着玩儿的。它在真正撒开四蹄奔跑之前，先挥动它的尾巴——一下——两下——这已经成了它的习惯。接着它就飞也似的跑了起来，下山时雪橇好像老是在后面催着它。

喜鹊坐在栅栏的横木上。它飞到了木桩的尖顶上，并且美滋滋地笑了起来——"是啊，这下它可高兴了，这个傻家伙。"马蒂嘟哝着说，拉紧缰绳，催赶马儿加快速度——"连喜鹊都在嘲笑你呢，难道你不懂吗？"

马儿沿着冰冻的湖面咔嗒咔嗒地奔跑着，在雪橇的滑轨下，路在啜泣着，滑椅发出嘎吱嘎吱的响声，马蒂僵硬地坐在滑椅中间，把大衣的领子竖了起来。短暂的白天已经开始模糊起来了。沿着设有标桩的道路，马蒂一边赶着马一边在思索着。

马蒂头脑里想的就是他跟牧师和牧师夫人谈论的这些事情——拉比湾教堂那儿有铁路，这是真的，不是吗？除非你是亲耳听到，否则你是不会相信的。真奇怪，为什么以前没有听说过？大概是刚发生的事吧。是不是因为制造蒸汽的水不够用而爬到陆地上来了？它的样子一定是怪里怪气的，以前在水上扑哧扑哧地航行时它就已经是怪模怪样的——应该去亲眼看一看。除了牧师和牧师夫人外，别的人是不是也去看过？

路在岬角顶端开始拐弯，然后沿着椭圆形的湖面一直通到塔尔维湾最深处的胡图拉庄园的堤岸。越接近陆地马儿就跑得越慢。

马蒂很长时间没有催促它了，马儿以为它就可以这样跑下去。撒开后蹄准备起跑时，前蹄却已经一步步地走了起来。当后蹄已经一步步地走了起来，马儿就隆起屁股，好像舒了一口气似的。

"驾，驾，驾！"马儿必须用前蹄开始奔跑——但后蹄还在一步步地走着呢。但马蒂却拉紧缰绳，先拉右边的，然后拉左边的，这就是说后蹄也必须采取同一个步调。

马蒂总是把马儿带到塔尔维湾顶端的胡图拉庄园，让它从那里的冰窟窿里喝水，这是他的习惯。马儿根据它过去的记忆现在就绕道往那儿跑去。

"驾，驾，驾！"要不是马儿强行往那边跑的话，马蒂这时也许已经不记得往哪边走了。

"好，往那边跑吧！"马蒂说，他把权力交给了牝马。

胡图拉庄园的打水工正在冰窟窿旁打水。

"马蒂，你是从哪儿来的？"打水工问道。

"我先去教堂，最后从牧师府来到这儿。"马蒂回答说，他提起马儿的腿把马蹄上的雪块清除掉。

"那儿有什么消息？"

"没有什么特别的——主人在家吗？"

"没在家，今天早上他去拉比湾了。"

"他大概是去看铁路吧？"

"他已经看过铁路了，也许是去提货。"

"主人生意很好，是吗？"

"生意是不是好，我不知道，但他看上去越来越胖了。"

"维勒去看过铁路了吗？"

"我吗？我不仅看见过铁路，我还亲手参加修建铁路。"

"你别——别——"

"我不是瞎吹，那是一年半以前，不久我又要到铁路上去工作了。"

"修铁路时你干的什么活儿？"

"我是挖沟。"

这对马蒂来说难以相信。他咬紧嘴唇，什么话也不说。他不是什么都不知道——谁要把他当作傻瓜，没门儿。他对铁路已经有一定的了解，所以他觉得修铁路不可能是挖沟。维勒这个蠢驴，他也许只知道挖沟，但是修铁路——除非你是铁匠，否则你压根儿就干不了。

"马蒂是不是去看过铁路了？"

"我干什么来啦？"

"你觉得铁路是什么样子的？"

"铁路是什么样子的——你自己最清楚。"

维勒已经把大水桶装满了水，于是他把小木桶递给了马蒂，马蒂从冰窟窿里取了水给马儿喝。

"马蒂这个人力气真不小，一只手就能把装满水的木桶提起来。"维勒说。

对此马蒂一言不发，不过他的气还是消了。

"不知道马蒂在铁路上跑过没有？"维勒再次问道。

"你跑过了吗？"

"多多少少算跑过了吧，它跑得可快啦，如果比赛的话，就是最棒的公马也跑不过它。"

"只要马儿飞跑起来，那就能跑过它。"

"开始那段时间也许还可以。"维勒同意说。

马蒂又提了一桶水给他的马喝，这次他是用左手提的。

"开了春，牧师府的监工跟我一起去铁路工作。"

"他好像提到过——他到底是去还是不去？"

"我们一起去——监工是去当站长，而我是去干别的工作。"

"维勒去干什么工作？"

"维修工作。春天快到的时候，我们一起走。这当儿我在胡图拉庄园是个寄生虫，一会儿干这，一会儿干那，但是春天一到土地开始解冻，我就去铁路当维修工。铁路不维修是无法持久的。"

"难道铁也不能用很长时间吗？"

"就是铁也不能持久——铁轨常常会脱节，因此时时刻刻都要有维修工——来吧，马蒂，你也来参加这个工作吧！"

"哎呀，官府的工作我可不想干。"

"官府给的工资很不错，怎么样？"

"那儿的工资是多少？"

"一天两个马克。"

"跟收割牧草的工资一样，对吗？"

"差不多——马蒂，你来干官府的活儿吧。"

"我不想干这种工作。"

"这种工作跟别的工作没有什么大的不同，大家都会干。"

"的确是这样，这种工作人人都会干，但我不想干。"

"是不是老婆会不让你干？"

"老婆？我对她根本不放在心上！"

"她不是很厉害吗？"

"我当然了解我的老婆——这是你的水桶，拿去吧，嘿！"马蒂回答说，对维勒的成见有点儿恼火。他坐上雪橇，连一声再见都不说就赶着马走了。胡图拉庄园的打水工把小木桶放在大水桶上，沿着取水的小路，赶着马爬上了堤岸。

马蒂赶着马，沿着设有标桩的路慢慢地走着，前往塔尔维湾的底部，在撒渔网的小棚旁上了岸，沿着林间小道走一阵后就来到了公路，它是环湖而行，跟一条快捷方式在这儿会合。

"的确该去看一看。"马蒂心里想。除了他所听到的，其他别的事他都很少去想。铁路——但不管他怎么想，他还是不能完全搞清楚它究竟是个什么东西——可是让他不去思索也做不到，当他想到这个东西时，他就跟自己的思绪融合在一起了。一会儿它是这个样子，一会儿它成了另一个样子。有时候他好像搞清楚了，但接着又变了。起初，这个东西在他眼前就像四个轮子的车厢，其中有大轮子和小轮子，它看起来就总是像已故牧师坐的老车厢：前面好像有两匹马，天棚下坐着牧师及其夫人，对面是少爷和小姐。驭手的座位上坐着马夫，张开着双手，马夫旁边坐的是马蒂，他当时还是个小不点儿，坐在车上他心里有点儿害怕，因此双手紧紧抓住旁边的车杠。有时候，这个东西既不是马又不是车厢，什么都不是，直到他眼前出现"芬兰号"轮船为止。这条船好像在公路上行驶，下面有大轮子和小轮子，船头的栏杆顶上插着一面旗子，船长一动不动地站在船尾。船的后面用绳子拖着两三艘驳船。上坡的时候，船都挤在一起，船员们不管怎么努力也不能把它们分开。这下就响起了噼里啪啦的声音，可热闹了，好像教堂里的人全都在船上似的。

对马蒂来说，这一切好像都是梦境。不过，事实上这个东西就是这样的，因为牧师曾经看到过和谈到过这东西是这样的。他们也是这样设计的，这些铁路制造者们，他们考虑到火车要运行正常，上坡和下坡时不出现混乱。怎样才能做到呢？这个问题马蒂自己无法解释，他也用不着解释。有很长时间马蒂不想再考虑这事儿了，拉紧缰绳，催马儿快跑，从烟草袋里掏出几片刚抽过的烟叶塞进自己的嘴里。

就在这个时候，马儿边跑边在攫取路旁的积雪，这使马蒂想起马儿是不是渴了，尽管它在胡图拉庄园的冰窟窿里已经喝过水了。这样一来，马蒂又在不知不觉中从冰窟窿想到了小水桶，从小水桶想到了维勒，又从维勒想到了铁路——这家伙曾经在铁路上跑过，是不是很多次了？

这玩意儿是怎样运行的，它是靠什么东西推动的，这是什么样儿的？它是不是跟马车一样也有大轮子和小轮子，还是全是大轮子？这些问题由于缺乏较精确的依据都无法解释。它确实跑得很快，因为连最快的马也跑不过它！这究竟是什么玩意儿？连最快的马都跑不过它，这是不是吹过头了？

"天晓得！这肯定是吹过头了！要是用鞭子用力地抽打马的两侧，雪橇上坐的是最棒的骑手，路面跟铁路一样光滑，没有裂缝，路况也很好，那么，天哪！不管它怎样扑哧扑哧，这个笨重的家伙肯定跟不上的——天晓得！它肯定要落后，而马肯定像闪电那样迅速！"

"嗨哟！我的马儿！你肯定知道谁骑在你的背上——呃？

呃？——谁骑在你的背上，呃？"马蒂提起身子，用缰绳的后柄敲击马的背部，每敲一次喊一次"呃！"

对牝马来说，这种情况从未发生过，因此它就拼命飞跑，而马蒂也不放松。

"嘿，嘿，嘿！让官府来吧！让官府带着铁路来跟我比赛吧！加油！加油！加油！"马蒂高举缰绳，大声呼喊。他心里想："要是辕杆上系有铃铛那就更好了——要是辕杆上系有铃铛那就更好了！"

马儿在飞跑时把两只耳朵伸向后面，上坡和下坡都保持同样的速度，雪块越来越密集地飞溅到他的眼睛里——还飞溅到他的嘴巴里，但马蒂心里想："让雪块飞过来吧！"

越过马尔约山堤岸就进入了凡尔盖斯村，马蒂虽然坐了下来，但马儿仍然四肢不停地飞跑。

"我的老天爷！差一点儿把我撞倒啦！"马前传来一个女人的呼叫声。与此同时，雪橇从一个人旁边飞驰而过，这个人刚好跳到了路边。

"谁敢不让路？！"

"好兄弟，把我带上吧！"

"上坡怎么行呢？"

"我走着上去——下坡的时候我上雪橇，好吗？"

马蒂勒住了马。此时，天色已经朦朦胧胧了。

"喂！你是马丁家的丽埃娜吗？天已经黑成这样，我看不清楚。上雪橇吧，这儿还可以坐人。"马蒂认出这个行人是按摩师丽埃娜。

"我——我可以——这一段路我可以站在滑杆上。"丽埃娜气喘吁吁地说。"把我的包裹放在你的雪橇上。寒冬腊月还要让老人双脚走路,他们不给我马,东家骑马出门喝酒去了。要是我不给他按摩胸部,不知道他会怎么样啦。但下次我不会再来了,这是真的。即使他喘不过气来,我也不会再来给他推拿了。"

"丽埃娜,你是从哪儿来的?"

"胡图拉庄园的马棚里不给按摩师准备马,必须等到周末搭乘去教堂的马车才能回自己的村子。上星期六女主人就传话叫我来。"

"他们不给马?"

"不给,当然我也没有使劲求他们,我觉得他们自己应该想到。"

"听说主人自己骑马出门了?"

"是的,他爬起来就走了,身体的两侧还没有按摩呢,他就跳上雪橇,连问都不问。"

"他是不是去铁路那儿?"

"不管他去哪儿,这个大腹便便的家伙。"

"听说他到铁路那里去取货。丽埃娜,你去看过铁路没有?"

"没有,像我这样的老太婆还东跑西跑?"

"不过铁路你终该去看一看。"

"也许应该,上个礼拜我们村里有三家人家坐着马车经过教堂去看铁路。听说在拉比湾教堂旁就能看到铁路,听说不用再往前走。"

"那儿就能看到铁路,不是吗?"

"马蒂，你大概见过铁路吧！"

"见过了吗？也许已经见过这一类的东西。"

"马蒂刚去看过这个新玩意儿还是有别的事？"

"我有别的事。"

"他们说冬天也能在轮子上行驶，这是真的吗？"

"真的吗？也许是这样——也许是这样。冬天我没有去过，我不知道冬天是怎么样的。"

"我的确想到过，上帝让我们夏天使用铁路。是啊，应该去看一看，拉比湾教堂有一条路——我的侄子在拉比湾。"

公路直接穿过凡尔盖斯村。丽埃娜在昂脱曼家门廊前走下滑杆，从雪橇上拿起她的包裹，让马蒂代她向莉萨问好。

马蒂艰难地赶着马向前走，又走了一小段公路，然后转弯穿过满海莱家的庭院，从那儿越过田野就来到了彼得盖莱家的萨乌那屋。彼得盖莱一家正在洗萨乌那*，门外可以听到浴条的拍打声，一阵阵热蒸汽从门缝里冒了出来。萨乌那屋后面沿着陡峭的堤岸往下就来到了那乌拉湖的冰面。马儿的后脚没有钉蹄铁，当它从堤岸往下走时不停地打滑，经过一番折腾后，它最终还是平平稳稳地走了下去。

天越来越黑了，天空中已经出现了许多星星，今晚它们显得特别的明亮，时不时会有星星沿着苍穹滑下来。爬上湖面后就有一条路通往牧草地，从那儿就进入漆黑一片的树林。然后这条路迂回曲折地继续向前延伸着，时而平坦，时而坎坷，时而笔直，

---

* 萨乌那，芬兰语的 SAUNA，指芬兰浴，即我们所说的桑拿。萨乌那在芬兰的普及程度就像吃饭、睡觉一样。

时而弯曲，路的两旁不时地出现空旷的地带，有的是荒草地，有的是山冈，有的是草堆林立的牧草场。冰天雪地，寒气袭人，马的两侧和人的眉毛上凝结起厚厚一层冰霜。有时候可以听见云杉树侧发出的淅淅沥沥声，有时候牧草棚里唰唰嚓嚓作响。马蒂直挺挺地坐在滑椅上，竖着大衣领子。马儿沿着它所熟悉的路随心所欲地走着，而马蒂自己却注视着繁星满天的苍穹。马蒂用他的眼睛不停地搜寻天上的星斗，这儿是熟悉的北斗星，那儿是北极星。他仔细观察昴星团和万奈摩宁的镰刀。每当星星从天上滑下来时，马蒂就说："驾！"这时他就拉紧缰绳，催马儿快跑，不过，要是马儿继续走着不跑，他也没有别的办法。马蒂现在已经没有时间照看自己的马了。

马蒂觉得，在这个世界上有的东西他怎么努力就是搞不清楚，这太奇怪了——有人自以为聪明，但谁能真正弄明白这是什么东西吗？牧师和牧师夫人以前至少没有听说过——而现在，这些东西是一个比一个怪，但人们也只是说说罢了。但愿世界末日之前人类不要变得过分聪明——前任牧师曾经这样说过："魔鬼会教唆那些世界末日之前变得聪明的人，从教堂顶上指给他们看世界上所有的奢华之处。"但就在此时——"嘘！"——一条长长的火光从东边掠过——"嘘！"——一直飞到西边。那边天空中星星太多、太密了，以前没有出现过这样的情况！马蒂非常害怕世界末日，他别的并不怕，然而世界末日的来临就像夜间的盗贼。现在它还没有来，因为人们注意着它，但当人们把它忘却时，它就来了。人们必须时时刻刻想着它，必须把上帝记在心里，祈祷上帝，呼喊上帝保佑。

马儿开始从山冈往下跑，路也往下进入低洼的树林。这是一片深黑的云杉林，树木长得非常茂密，几乎连天空都看不见。透过树林可以零零落落地看到星星在闪烁。今年冬天雪下得很多，树林和草丛差不多全都在打瞌睡，树顶都被厚厚的白雪所覆盖。马蒂几乎就像在屋檐下赶着马走着——林子里是一片寂静，只有雪橇的滑板发出很单调的响声，于是马蒂开始打起哈欠来了。眼皮好像越来越耷拉下来，马儿和马蹄声从他心目中渐渐消失了，整个世界以及所有的奇事和不断从天而降的星星也都销声匿迹。

马蒂的脑袋越垂越低，结果碰到了雪橇的边缘，他睡着了。

马蒂进入了梦乡。

他好像成了小孩子，成了已故牧师活着时他在牧师府干活的那个小孩子。牧师府的大门敞开着，马蒂是看门人。工头叫他站在门旁，给了他两面旗子：红色和白色，并且对他说："当你看见牧师的马车从圣器房后面过来时，你就举起红色旗，表示他家的猪正在菜园里，但是当你把猪赶走以后，那就举起白色旗，表示牧师可以直接进入院子。"监工就是这样对他说的，而且还说了好几遍，然后他自己就走到拐角处躲了起来——他在那儿偷窥着——马蒂站着，看了一眼手上的旗子，让风把旗子吹得飘起来。虽然那时不是周末，但他突然听到教堂的钟声响起来了。他向圣器房后一瞥，发现牧师的马车飞奔而来。到了门廊前才停住，马车夫挥了挥手，大声嚷道："可以还是不可以通行？"可是，此时马蒂不记得猪是否已经从菜园里赶走了。他一紧张就手忙脚乱，他又害怕监工，结果他先举起红色旗，接着是白色旗，最后两面旗他都举了起来。马儿从门廊前就撒着四蹄飞奔起来，马车夫怎么也控制不了它们。当它们跑到离大门还不太远的地方时，有一扇门是关着的，结果马车就"砰"的一声撞在门上，马车夫一下子就脸朝下摔倒在地上。这时候监工就从角落里冲了出来，狠狠地打了马蒂一记耳光，马车夫从地上跳起来后也打了他一记耳光。

马蒂的马现在有权自己支配自己，它感到离家越近它就走得越有劲儿。当林间小道走完，前面出现牧草地时，它就开始尽量小跑。当走到农田的栅栏门旁时，它就伸长了尾巴，边打着响鼻边嘶叫起来，接着就抄道跑进院子——但它怎么会知道要避开墙角儿呢？——雪橇的侧边"砰"的一声碰到了主屋的墙角，结果两边的薄板都掉了下来。马蒂的脑袋先晃到雪橇的一侧，接着又晃到另一侧。当他醒来时，他感到他好像左右挨了两记耳光。

马儿一直跑到了主屋前面。莉萨站在门口，手里拿着"贝里"火把，用一种惊异的目光看着他的丈夫。

"吁——吁！"马蒂瞪大眼睛在黑暗中搜寻，他模模糊糊地看到有人好像站在门口，在头上挥动一样红色的东西。

"我想——但是我没能——我试图——但当我——"

"你在胡说什么？"

"谁在那里晃动红色的？别晃动红色的，老太婆，让我进去啊！"

"嘿？让你进来？谁不让你进来啦！"

"不能让牧师的马车进来。"

"牧师的马车？——他还在打瞌睡——你听见没有？你还在睡觉，让马把雪橇拖到屋里去吧！"

"这不是我的过错。"

"什么不是你的过错？"

"没有什么，那扇大门是自己——"

莉萨走了过去，一把拽住马蒂的手，把火把举到他的眼前。

"嗨，老头儿！你还在胡说什么，你还没醒过来还是喝醉了？"

"我没睡觉——瞧，你在干什么？"

"呃，你把雪橇往屋里拖的时候，你睡着了。"

"别瞎说，如果你没有睡觉，难道这种情况就不会发生吗？"

"你的帽子在哪儿？"

"在头上。"马蒂敲了一下脑袋，但头上没有帽子。

"那一定在雪橇上。戴上帽子，不然你要着凉的。如果掉在路上，那你真够呛，你在雪橇上睡觉，外面世界什么都不知道了！"

"住嘴！别说我睡着了，我知道得比你清楚。"

现在莉萨不得不嘲笑他了，怎么没有睡觉呢，大概还没有完全苏醒过来。

"我在地头就听到你打呼噜的声音，"莉萨嘲笑说，"你睡得很死，你的呼噜声一直传到了地头。"

"谁打呼噜啦？我可没有。"

"老天爷啊，要是不是你，那会是谁啊？"

"是你在打呼噜。"

"我？我挤完奶刚从牛棚回来。"

马蒂从马身上卸下马具，拉着它走向马厩。

莉萨用牙齿咬住燃烧着的火把，正在雪橇上四处搜索。

麻袋里还剩下一点儿麦子——马蒂离家的时候，莉萨就对他说过，不需要装满整个儿麻袋，他说必须装满半麻袋，再少的话，他就不好意思用肩扛到仓库去。

他说他知道，他就是想让别人看看他的力气有多大。牧师府没有给饲草，因为他带的饲草都吃光了。现在这个工头真够呛——雪橇撞在墙角上，旁边的薄板都裂了。马衣呢？又是猪干的！什么？——莉萨发现问题了，她朝着马厩大声地向马蒂喊道：

"天哪！喂，马蒂！我纺的麻纱还放在雪橇底部，这是让你带给牧师夫人的！你听见没有？你这个笨蛋，你为什么没有把我的纺线交给牧师夫人？"

马蒂开始给马儿准备饲草，他现在过来取面粉袋。

"你为什么没有把我的纺线交给牧师夫人？"

"我交给她了。"

"什么？你交给她了？我的纺线还在干草底下呢，你动也没有动过，还在这儿！"莉萨把包裹扔回到雪橇里。

"我忘了。"

"你忘了？我不是对你说过，叫你不要忘记。你本来应该带着我，这样你就不会忘记了。现在线还在这儿，牧师夫人会怎么说？"

"是不是很急？"

"既然由我来纺，那当然是急件。"

"以前从来也没有忘记过，只是这一次。我跟牧师大人交谈过，但走的时候根本就没有想起来。"

"没有想起来？——你拿着面粉袋干什么？"

"给饲草加点面粉。"

"这个人还在梦游呢，饲草已经拌好了，是我拌的。"

马蒂回到马厩。莉萨从雪橇里拿出装有纺线的包裹、毛毯和麻袋，随后把它们带进厅堂。

过了一会儿，马蒂从马厩走了过来，把雪橇检查了一下。他发现雪橇边上的树条断了，他把雪橇从辕杆中拉了出来，翻过来竖放在马厩外墙的旁边。当他在摆弄雪橇时，脑海里偶然出现这样的想法："今后人们外出时也许不会再用它了。"然后他发现这是一种愚蠢的想法，他也不知道他怎么会有这种想法。他朝着主屋走去，用手指轻轻地挠着他的耳朵，他又走到雪橇跟前——两边的薄板的确裂了，他把它们全都拆了下来，偷偷地放在墙上的裂缝里，然后他走进了主屋。

莉萨正在桌子一角把牛奶倒入过滤器，然后让它流入奶油桶里。一只猫绕着她转圈儿，时而"喵喵喵"地叫着。马蒂脱下外套，坐在长凳上，双手托着脑袋。莉萨不时地从过滤器上方看马蒂一眼，她心里想："马蒂今天怎么啦？"但她没有问——是不是喝得太多了？是不是还在宿醉之中？——可是刚才她并没有从他的呼吸中感觉到这一点。他可能喝酒了——今天一早他就离家，他会去了哪儿呢？猫儿偷偷地溜到马蒂跟前，一边喵喵地叫，一边用它的身子轻轻地蹭马蒂的皮靴。马蒂假装没看见。"他到底怎么啦？连猫都不抱一下。"莉萨心里想。

"去洗桑拿浴吧！"莉萨对马蒂说，她最后一次把牛奶倒入过滤器。

马蒂用手捋了一下头发，开始脱衣服，准备去洗桑拿浴。他一语未发，莉萨也一语未发。他走出大门来到院子里，过一会儿莉萨也跟着来了。

　　然而她先在盘子里给猫倒了一些牛奶，把盘子放在炉灶旁的凳子前，她又点了一支"贝里"，把它插在炉灶角上的插座上。

　　现在厅堂里只有猫在舔牛奶，"贝里"在插座上燃烧，猫在静悄悄地、干净利落地舔牛奶，"贝里"在哗哗地、缓慢地燃烧，烧得时间越久留下来的一圈圈烟灰就越长。但烧到树杈的地方，火焰就像舌头那样迅速地蹿上蹿下，这时候，猫的尾巴尖就悄悄地动了一下。猫喝完奶后，把盘子舔干净，又把自己的嘴巴舔干净，接着就在厅堂里跑来跑去，它毫无声息地从炉灶旁的凳子蹿到桌子旁，轻轻地跳上土炕，转了一圈后又回到凳子底下，眯着它那绿色的眼睛瞅了一下"贝里"，喵喵地叫了几下。接着它又来到桌子的一端，跳到长凳上，闻到了牛奶桶，不过它还是跳了下来，回到地板上。它在炉灶旁的长凳边上悲切地喵了几声，好像自我怜悯似的，接着就跳到凳子上。然后它伸了伸脖子——越伸越长——身子也趴得越来越低，一下倒在炉灶旁。"贝里"又在墙上哗哗作响，剩下了一圈圈烟灰。不一会儿从炉灶顶上传来了猫咪的呼噜声。

　　与此同时，马蒂和莉萨两人很少说话。当莉萨走进桑拿屋时，马蒂已经坐在木榻上。莉萨把桦树枝在水里浸泡一下后递给了马蒂。

　　"嗨，给你！"她说。

　　"你还要热蒸汽吗？"过了一会儿她问马蒂，并且又把水泼洒在石头上。

　　"再加点儿。"马蒂说。

　　莉萨不断地在烤得滚烫的石头上洒水。

"还要加吗？"

当马蒂没有回应，莉萨又泼了点水。

"别再加啦，太烫了！别再加啦！"马蒂说，用水淋了淋脑袋。

"一点儿。"莉萨说，不过她心里想马蒂现在还是能承受较强的热蒸汽。

吃晚饭时，马蒂和莉萨仍然没有交谈起来。马蒂喝着酸奶，常常把匙子忘记在杯子里，吃完一块面包后就忘了往嘴里再放一块。这时，莉萨就问他："你怎么不吃啦？"对此，马蒂急忙回答说"我吃"，然后又吃了起来。莉萨真想刺激他一下，使他真正清醒过来，不过她觉得还是明天再刺激他吧——于是现在她不刺激他了。

吃完饭后，马蒂心情放松了一些——饭前，他的心情太沉重了——洗萨乌那时仍然如此。他想跟莉萨提起铁路的事，但他什么也没说——她也许不会相信，也许会说这是做梦……她总会想方设法进行反驳。

莉萨在收拾饭桌时说她抓住了一只野兔。

"它不可能不是被我设的夹子夹住的。"马蒂心里想，他什么也没说，只是过一会儿问莉萨兔子是在哪儿被夹住的。

"它跑到了篱笆的拐角处，不是在林子里，它是被圈套套住的，不是被铁夹子夹住的。"

马蒂不记得那里现在有什么绳圈儿。秋天，结冰之前那儿有过，但万圣节的时候他记得把它们都拆掉了。

"你没有把它们拆掉，因为兔子被套住了。"莉萨说，并且吹嘘说兔子跑到那里是靠她的运气——只有一条足迹，直接从树林过来，穿过牧草地，老的路上没有足迹。

马蒂听到兔子是直接落入夏天时设的圈套后，他就不想再多说了。这可不是好兆头——瑞俄战争和压迫年代的前夕发生这样的事：星星从天而降，野兔钻进夏天时设的圈套，它没有在正确的路线上跑，不应该把它从圈套里放出来，应该让它待在那儿，谁把它赶到陷阱里，谁肯定会从那里把它抓走的。

有人让蒸汽在陆地上运行，现在要用蒸汽使马奔跑，这也许是同一个人干的——另外一个人，不是创造世界的上帝。

"还没有睡着，你是怎么回事儿？"莉萨迷迷糊糊地说，把被单拉到自己身上。

"我睡着了。"马蒂说。

"你没有睡着——你整夜翻来覆去，嘴里哼个不停。"

"我为什么没有睡着？我怀疑我身体是不是还健康。"

"你有什么问题？你没有问题，回来的路上你一直躺在雪橇里睡觉，所以你现在就不困了。"

"我不是从头到尾一直在睡觉。"

"就是有一半路程在睡觉也足够了。别说话啦，赶紧睡觉。"

莉萨困得不得了，她又把被单拉到身上，然后就睡着了。

马蒂迷迷糊糊地说："你要是知道这事儿，你也会睡不着的。"然而，不久他自己也睡着了。

三

第二天早晨起床后，马蒂已经完全平静下来了，他决定把他在牧师府听到的东西告诉莉萨。可是，早饭前这段工作时间里，莉萨在草棚和牛棚里忙忙碌碌，走来走去，始终没有在一个地方真正停留过。马蒂在补自己的鞋，他心里想："让我们吃早饭时再谈吧——到时候告诉她也还不算晚。"但是，吃早饭时，当马蒂正准备开口，莉萨又走开了。马蒂觉得，只有当她真正坐下来听他说时，他才会把有关铁路的事儿告诉她。

马蒂走到马厩后面的松树枝堆，但他不停地转过头来，看看莉萨是不是还在草棚和主屋之间走动。此时她在主屋里忙来忙去——主屋还没有烤热哪——今天早晨她不是想把主屋烤热吗？风冷得刺骨，应该把主屋烤热，这样他的手才能暖和起来。

莉萨出来拿劈柴了——希望是最后一次。接着她大概就会在纺车旁边坐了下来。当风开始把室内的烟通过排气孔吹到外面时，马蒂就想进去暖暖身子。他把砍刀放在树枝堆上，心里想："既然不相信，那就不相信吧，这又不是什么受人顶礼膜拜的东西。"

炉灶开始热起来了，火苗从炉口蹿了出来，烟灰时不时地燃烧起来。马蒂把手套扔在灶台上，从胸前拿出烟斗，折断一片"贝里"木，从火炉里取了火。接着他就把手放在火上取暖，眼睛看着在窗户上飘浮的烟雾。

莉萨坐在窗户下面开始纺线。马蒂从凳子底下拿出一把小刀开始切割烟叶。

"前两天切的烟叶都抽完了吗？"莉萨问道。

"没有全抽完——不过坐在这儿取暖，顺便切点儿烟叶。"

马蒂边切烟叶边抽烟斗——而且同样的使劲儿。这当儿他抽烟抽得与平时很不一样，烟斗里装的东西烧得噼里啪啦作响。

　　她也许不相信——假如不相信，那就让她不相信吧！她相信还是不相信，也许都一样。

　　"现在拉比湾教堂有铁路了，你听说了没有？"

　　莉萨使劲地纺线，纺车刷刷地转动，她没有听清楚马蒂说了些什么。

　　"你说什么？"

　　马蒂尽量以满不在乎的口吻说话。

　　"我说的是铁路——现在拉比湾教区的人已经有铁路了。听说官府给他们修了铁路，因为是他们向官府提出请求的，这样一来，他们任何时候都不用骑马了，夏天不用骑马，冬天也不用骑马。我不知道这是否是真的，听说情况就是这样。"

　　"天哪！你别把这把新扫帚给拆散了，我是刚刚装上把儿的。家里不是还有旧的扫帚吗！你拆它干什么？"

　　"烟斗堵住了——"

　　马蒂说话的时候把他的烟斗给堵住了，他说了半截就停了下来，准备到储藏室去取细树枝。

　　"喏，用旧扫帚的树杈难道不行吗？——噢，你刚才说拉比湾人干什么来着？"

　　"他们没干什么，是官府给他们修了条铁路，沿着这条铁路他们就可以去赫尔辛基或者美国。"

　　"去什么地方？"

　　"去美国。"

　　"别撒谎，我的好丈夫！"

　　莉萨停住纺车，从车轮上方直瞪瞪地望着马蒂，就好像盯着看一个说话不靠谱的骗子。

这下马蒂发起脾气来了，结果把用来捅烟斗的细树枝折断在烟斗里了。

"你看什么？如果你不相信，那就不相信吧，不过我可马上要去看铁路了——它太离奇了，必须去看一看。如果你不想跟我一起去，那你就不去吧，并不是非得求你不可。"

"你是去看拉比湾人离家去美国？听说他们要去美国！"从纺车后面传来莉萨的嘲笑声。

"不是，不过铁路，还是应该去看一看。"

"这不是跟牧师府厅堂里的全景挂图一样吗！？当时你也坚决要求去看。"

"我没有求过你，是你自己想去看的。"

"我不想。"

"你不想——等着瞧吧，到底谁想去看。"马蒂嘲笑着说，他不得不讥笑莉萨的愚蠢。

"这不是什么全景挂图，谁在这儿谈论全景挂图？"

"嗯，你说的是什么东西？"

"我说的是铁路。"

"那么铁路是什么？……什么都不是。"

"什么都不是？婆娘们什么都不懂，她们很笨，没有头脑，蠢猪都比她们聪明。铁路是什么都不知道。难道你比我知道得更清楚？我是亲耳听见的。"

莉萨对马蒂的话感到生气，她使劲地踩纺车。马蒂使劲地切烟草，弄得地上到处都是烟叶碎片。

"莉萨！"一会儿马蒂喊道，但莉萨没有回应。

"莉萨！"马蒂又喊了一声。

"好吧，好吧，你有什么要说的就快说！"

"就是对你说了或许也没有什么用处。"

"那你就不说好了！"

但马蒂等不及了，他非说不可。一会儿他就开口说话，他把手中的活儿也停了下来，并且解说得非常仔细，非常具体——

"莉萨，别打断我，你听着，我给你解释。铁路是铁路，公路是公路——公路是泥土造的路，铁路是铁造的路。"

"木路是木头造的路，水路是水造的路，对吗？"从纺车后面又传来嘲笑声。

然而，马蒂并不生气。

"别笑，这是真的，这个东西就像我说的那样是真的——车子是怎样在铁路上运行的，你可能不知道。你以为是用马拉，是吗？"

可是莉萨什么也不想。她边纺线边侧耳倾听，偶尔用一种嘲讽的目光瞧马蒂一眼，不过她心里想，让他说吧，我要听听，他到底又相信了哪些谎言。

"不是用马拉，绝不可能用马拉！对马来说，它可以在别的路上跑，用不着修这样的路——既然用铁来造路   "

"用铁造的路？哼！"

马蒂又开始激动起来。

"用铁造路，用铁造路——假如你不相信，那就不相信吧。用铁板造的，呃，对！对，是用铁板造的，既然是用铁板造的路，那铁路上就必定有车辆和拉车的东西——汽轮船，像'芬兰号'这样的机器，把它们拖上岸，装在车轮上，靠风力转动，后面拖着一节车厢。车厢跟我家的主屋一样大，甚至还要大。它肯定拖得动，不管什么东西，它都拖得动，路也不会颤动。就是这样的东西！"

"可怜的马蒂，你又被谁愚弄啦？"

"我现在没有被人愚弄，以前也没有被人愚弄过！"

"那是从你自己头脑里想出来的谎言——你撒谎也该撒得聪明一些——你这个可怜虫，你连撒谎都不会。"

马蒂感到一愣，他心想："要是告诉她这是谁说的，她就不会有这样的想法啦。"

"是真的还是谎言？如果是谎言，那么这是在我之前比我高明的人说的，我只是传达他们说的话罢了，我自己什么都不知道，这都是牧师夫人说的话。"马蒂说，很谦逊地叹了一口气，接着又开始用刀切烟叶。

"牧师夫人？这都是牧师夫人说的话？"

此时莉萨的纺车已经停住了，直到现在她的耳朵才真正打开。

"牧师夫人和牧师大人说的话。"马蒂补充说。

"你别——"

"都是牧师夫人和牧师大人告诉我的，我怎么会从别的地方知道呢？"

"你别瞎说，真的吗？"

"是他们告诉我的，他们亲自去看过这个新玩意儿。"

"好吧，他们说了些什么？"

这下马蒂神气起来了——

"他们说了些什么？他们说的我已经都告诉你了，不过你不相信。"

"他们说那儿有铁板造的路，是吗？"

"是的，路上跑的是装在车轮上面的东西。"

"是'芬兰号'吗？"

"可能是——在原来叶片的地方装上了轮子，有大的和小的轮子，靠风力来转动。"

"它是靠风力来转动，这点我就是不相信！"

"嗯，它就是这样的，就好像在水上航行那样。"

"不管它怎么样，我就是不相信它像在水上航行那样。"

"你不相信牧师的话？你以为你比牧师聪明？"

"我不是比牧师聪明，但去年夏天当有人说不用手划也能航行很长时间时，牧师夫人说她不相信。"

"现在她相信了，因为她看见它甚至在陆地上转动。"

"那玩意儿是装在车轮上的，她现在相信吗？那一定是个庞大的建筑物！"

"官府老爷们什么都能造！"

"这是官府老爷们造的吗？"

"是的，是他们造的！"

"他们为什么在拉比湾教堂那里修造铁路？应该修到我们这儿的教堂，这样上教堂时就能看见。他们会不会把铁路修到这儿？要是知道他们什么时候修到这儿，那我们就去看一看。"

"我不知道他们会不会把铁路修到这儿来，这事儿没有人提到过。"

"噢，牧师夫人也去看过这个东西？"

"她说他们是上午出发，半天工夫就到达目的地，她还说我必须带着你一起去看。"

"你打算去吗？"

"我不知道，像我这样的老头儿还游山玩水？"

"她谈到了我没有？"

"没有。"

"要是真像你说的那样，那的确是个怪物，我死之前还能看到它吗？不过也许你在撒谎？"

"我没在撒谎，我以前撒过谎吗？你可以说啊！"

"没有，没有。不过，难道你不认为这是个奇怪的建筑物？"

"不管它奇怪不奇怪，听说还有更奇怪的东西呢！"

"不过不是这种样子的，对吗？"

马蒂觉得他切的烟草已经绰绰有余，于是他就出去砍松树条了。他一边把砍刀从松树堆里拔出来，一边自言自语地说："不管她相信还是不相信，这是千真万确的事实，即使是皇帝也非得相信不可。"

莉萨一个人留在客厅里。她纺了一会儿线，用脚使劲踩纺车，快速地捻动来自线盘的麻棉卷，由于用力过度麻线常常断在她的手中，把断了的线连接起来可是一件麻烦的事。断线不断地出现，线盘里的麻棉卷为什么如此脆弱？另外，车轮上的布带子为什么老是要脱落下来？牧师府提供的亚麻梳理得太糟糕了，结果弄得尘土飞扬。难道所有世界上的亚麻都是如此糟糕吗？

　　纺车又开始嘤嘤地旋转起来——越转越快，越转越欢，踏板嘎吱嘎吱作响，轮子上的白色擦痕变成了一条白线，一会儿工夫麻线就绕满了整整一个卷轴。尽管莉萨不停地捻线，但卷轴的胃口也越来越大，一捆麻棉差不多有一半儿已经纺成了麻线。可是就在这个时候，卷轴突然把所有的麻线全都吞进嘴里，同时把线盘里的麻棉卷也都吞进嘴里。就在此时，布带子也从轮子上滑了下来，于是莉萨只得停止踩踏，但脚踏板开始发出一种奇怪的声音，她以为脚踏板马上要断裂了。这样的纺车太不中用了，让它靠边站吧！莉萨把纺车扔到墙角旁，然后她就到炉灶清理煤渣——该死的！煤渣把她烫得够呛。呵！差点儿把眼睛都烧坏了。

　　莉萨关上排气孔，透过窗户向院子里观看。雪橇翻倒在马厩的墙旁，雪橇下的铁杆朝着天闪闪发光，马蒂砍刀的刀尖不时地在马厩角落后面晃动。

　　莉萨痛痛快快地松了口气——她为什么要舒口气，她自己也并不真正知道。她强迫自己回到纺车旁，开始清理乱糟糟的卷轴。卷轴乱得一塌糊涂，到快要理清的时候，鼻梁骨就开始发痒。

　　纺什么线，纺它干什么？有时间再纺也不迟。尽管安排了好多次，就是没有送到牧师夫人手里，还有比这更奇怪的事吗？我让马蒂把纺好的麻线带去，但他忘记交给牧师夫人。你说这事儿怪不怪！他忘记交麻线，但却记得交租子，他既然忘记交麻线，那么他也应该同时忘记交租子！

　　莉萨走了过去，从炉灶上拿起马蒂忘了交给牧师夫人的包裹，她坐在凳子上打开包裹，包裹里一坨坨麻线和线轴放得整整齐齐，她觉得很遗憾牧师夫人没有见到这些东西。马蒂至少应该把她带上，可他自己走，但没有把事情办好。牧师夫人仍然火急火燎地等待着这些麻线，那么她现在会怎么想呢？她大概会觉得情况很糟糕。莉萨开始觉得她应该马上把麻线送去，就是步行也得送去。不过马蒂会把马给她的，如果把马给她，这并不过分。 为了牧师夫人他会给的，因为她很可能等着要这些麻线呢。

噢，牧师夫人去看过铁路了。世界上没有比牧师夫人更好的人啦——是啊，铁路很可能是个建筑物，牧师夫人是不是认为这个东西看起来怪怪的？就在圣诞节的时候，她还提醒说，马蒂来交租子时一定要把麻线带来，这样可以换新的。她没有收到麻线，现在会怎样想呢？无论如何，她是会有想法的！

吃午饭时，莉萨显得非常焦躁不安。她突然开口说：

"是啊，情况是这样，现在没有别的办法，只能今天晚上把麻线送去。"

"什么？"马蒂问，他继续吃饭。

"不管怎么说，现在没有别的办法——什么都不行了。"莉萨斩钉截铁地说，收起她的折叠刀，把它放进口袋里。

"这样急急忙忙干什么？麻线有急用？"马蒂边说边吃。"以后送去难道就来不及啦？"

马蒂没有进一步反对，这就不错了，莉萨担心他会连听都不听。

"实际上早就该送去，这次又没给她。这事的确需要跑腿儿！这段时间我该干什么呢？难道用脚踏空车？"

"比如你可以纺织渔网用的线。"

"织渔网用的线已经很多了，你根本用不完！"

"你昨天和今天纺的是什么东西？那你就继续这样干吧！"

"这台旧纺车不行，纺麻线也干不了，麻棉没有梳理好。"

"纺毛线是不是会好一些？"

"牧师夫人还打算织布，这个星期恐怕不行了，纬纱还在这儿呢，她没有纬纱怎么能织布？"

对此马蒂没有回答。他继续吃饭，还从大酒杯里喝酸奶。他只顾着吃和喝，这使莉萨感到厌烦。

"就在今天必须送去！"

"让我再跑一趟，我可不干。"

"你不用去，我可以去，但你要把马给我。"

"你去？谁照看奶牛？"

"就像以前那样。你以前不是干过许多次了吗？"

"牝马会突然奔跑起来，你没法让它停住的。"

"我知道如何骑这匹马，我跟你一样高明——我不会……"

莉萨正准备说"撞到墙上去的"，但她想到万一他生气怎么办，于是她没有说出来。

"你说你不会什么？"

"没有什么——我刚才说什么来着？噢，是这样，今天晚上我必须到那里去！"

"今天晚上？怎么能在黑夜里走呢？"

莉萨心里想："好吧。"

"如果不是今天晚上，那么最晚就是明天一早。"

马蒂没有说话，他吃完饭后就开始抽他的烟斗。看来他既不同意，也不反对。过了一会儿他说：

"如果你见到牧师大人，你就问他——让牧师夫人问牧师，如果牧师夫人自己不知道的话——车厢里装的什么样的轮子，大的还是小的？当时我没有想到问这个问题，请牧师夫人问一下牧师大人。"

"没问题，我可以亲自问牧师大人——我跟牧师大人经常交谈的。我还要问他，官府会不会把铁路修到我们的教堂村？"

"这个我知道，官府不会把铁路修到我们这儿来的，不用问这个问题，官府是不会这样做的。"

"要是不能肯定，那么问一下就可以肯定了，还是问一问好。"

"你可以问，但是并不是每个地方都会有铁路。如果有的话，那当然好啊。"马蒂心里想，但他没有对莉萨说。

那天莉萨从早到晚心情极好，心里像有只小鹿在欢乐地蹦跳。她时而情不自禁地笑起来，也不清楚为什么会笑起来——更多的情况是对自己的想法感到好笑。她感觉无比兴奋。纺车跟往常一样旋转，布带子一次也没有从轮子上滑下来。

莉萨把马蒂照顾得非常周到。她煮咖啡，烧热萨乌那，尽管昨天已经烧热了，吃晚饭时她还在饭桌上放了黄油，让马蒂大谈特谈铁路。晚饭后马蒂和莉萨一起坐了很长时间，一个坐在桌子前头抽烟斗，一个坐在床边梳头，他们不时地看看灶台角落里的猫咪，它喝完牛奶后就把杯子舔得一干二净，接着又舔自己的嘴唇，然后就在厅堂里偷偷地溜来溜去。他们有时候就去抚摸一下。马蒂会把它抱起来，用手指挠它的脖子，让它得意似的咕噜咕噜叫。他们谈铁路，谈这个崭新的发明——人老了常常会听到各种稀奇古怪的东西。能见到它吗？莉萨心里猜测着，但马蒂说，她不看是不会相信的，对此莉萨一言不发。当猫咪在炉灶旁咕噜咕噜地叫了一阵后，他们就吹灭"贝里"上床睡觉了。

今晚莉萨特别警醒。马蒂已经睡着了，炉灶顶上猫咪的咕噜声还在不高不低地响着，但莉萨就是睡不着。屋子的墙上即使有极其轻微的响声她也能听见，如果一只蟑螂偶然从天花板掉了下来，她也能听见。她听见马厩里牝马移动脚蹄时发出的声音。她能分辨出窗户上较亮的窟窿，透过窟窿她看到一颗闪闪发光的星星。即使她把头蒙在被单里或者强迫自己闭上眼睛，她仍然好像听见这一切，看见这一切。她一下子又惊醒了，心里想是不是该起床为第二天准备干粮，但她怕马蒂会醒来问她怎么回事儿，所以她没有爬起来。后来她终于睡着了，但一清早雄鸡还没有啼叫她就醒了，并且开始准备行装。

四

天刚破晓，马蒂就为莉萨准备好了这次出行。他走到雪橇旁把它翻过身来，在雪橇里塞满了干草，把木片装在麻袋里，从马厩把马牵了过来，并且给它套上马具。他让莉萨坐上雪橇，把毛毯铺在她的膝盖上，把缰绳交到她的手里，然后叱喝马儿起步。马儿稍微往马颈轭挪动一下，雪橇就开始滑动起来。马蒂仍然站在原来放雪橇的地方，两手叉腰，看着马儿走到了农田的一半。可就在这个时候莉萨突然透过头巾大声喊道："我的天哪！"她立即把马停住。马蒂问道："怎么啦？"莉萨大声地回答说："我把包裹忘了，放麻线的包裹，包裹就在后窗户下的长凳上。吁！"

马蒂在窗户下的长凳上找到包裹，马上把它交给莉萨，然后莉萨就驾着雪橇走了，慢慢地消失在黎明之中。

马蒂又回到了主屋，并且立即躺了下来，他一睡就睡了半天。

然后马蒂就爬了起来，又是伸懒腰，又是打哈欠。他从窗户往院子里看这看那，过一会儿又躺下了。

但他还是爬起来吃饭。他虽然吃得很慢，但吃得相当多。这会儿他不必着急。他特意吃了很多黄油，从大杯子里喝酸奶，而掺和在酸奶里有一半是牛奶，甚至比一半还要多。

吃完饭后他就来到了牛棚。也该照看一下奶牛，看还有没有饲草——母牛在围栏里迎着马蒂哞哞叫，盛放饲草的槽头是空的。马蒂向母牛扔牧草，但他不想给牛饮水——等莉萨回来后让她给牛饮水吧。

不过那天并没有看见莉萨回来，所以马蒂只得让牛饮水，并且亲自挤牛奶。

挤完奶、吃完晚饭、喝完热奶后，马蒂在睡觉前准备用刀劈"贝里"。可是刀子非常钝，而且磨刀工也找不到，所以无法把刀子磨快。另外，"贝里"木也冻住了，让它明天解冻后再说吧，房梁上还有不少"贝里"呢！马蒂把"贝里"木又扛回储藏间，把刀子插在窗户旁的裂缝里，还用手心使劲拍了拍，让它插得紧一些。当马蒂起床时，他感到自己完全变了。昨天他简直是又困又累，而这会儿他不再觉得困倦了。在等待天亮时，马蒂又开始劈"贝里"。真奇怪，今天"贝里"木就很容易劈成小块儿，是"贝里"木解冻了还是墙上的刀子磨快了？

天渐渐亮了起来，马蒂开始盼望莉萨回家。他走到院子里，站立在堂屋的墙脚跟前。假如她按他们事先说定的那样一清早就动身，那么时间绰绰有余，她现在应该到家了。

可是莉萨并没有回来，马蒂只得去挤牛奶，这一天还得好好照看母牛。

马蒂思索着，他该干什么呢？但是没有那种他整天都想干的活儿。砍树枝并不是每天都要干的。马蒂想到树林里查看捕野兔的铁夹子，他决定这样做。要是有兔子碰巧腿被夹住了，那有多好啊！马蒂不在家时，莉萨不是也遇到过这种情况吗？谁知道，万一这会儿也发生这种情况！

吃早饭时马蒂在厅堂的炉灶上为自己烤了一盘土豆片儿，吃完早饭后他就准备到树林里去查看捕兔夹子。他从墙上取下滑雪板，把脚伸进鞋夹试了一下。显然，滑雪板是莉萨用过的，她最近刚滑过雪。瞧，她为什么没有把鞋夹的卡口合上呢？大概没有办法把冰雪从鞋夹里清除掉，所以不得不用斧头来砍。一个滑雪板的鞋夹里有一片木头被削掉了，很明显，先是滑雪滑得时间太长，滑雪板上的冰块就是用滑雪杖敲也除不掉，然后就把滑雪板带到客厅里来融化和弄直。她以前也这样干过！

马蒂从桑拿屋后面滑了过来，他沿着现成的滑道穿过农田朝着林子滑去。第一个铁夹子就在他家农田的边缘——这里从来就很少有兔了，夹子也不是为这个目的而设的。如果这里没有抓到兔子，那么别的地方也不会有兔子落入圈套——这里设陷阱就是为了这个目的——这就是马蒂的魔法。

马蒂从农田继续向前就滑进了茂密的林子。他在三处设下了圈套，每处三个夹子。他在林子里滑了一会儿后就来到一片林中空地，马蒂和莉萨夏天曾在那里砍伐多叶树，收集树上的枝条来制作浴帚。这里的白杨树对兔子具有很强的吸引力，在月光皎洁的夜晚它们就会到这里来啃树皮，因此马蒂就在这里偷偷地放置了铁夹子。空地边上，他把夹子就放在足迹的下面，因为兔子从林子里出来后，往往会静悄悄地蹲在那里竖着耳朵听，然后再决定是否继续往前走。有三条小路通往空地，每条小路头上马蒂都设了铁夹子。那里总会有兔子落入圈套——一星期一只，有时候两只。可是这会儿一只也没有——两个互相比较靠近的夹子，那里连一只兔子都没有抓住。

第三个夹子也没有夹住任何兔子——瞧，那条小路上有雪，这真奇怪！是从树上掉下来的还是莉萨在那里走过？不可能是别人，只有莉萨在小路上走时才会把雪带到路上，她还摘过嫩树枝，兔子不容许路上有雪。马蒂把这条小路仔细检查一遍，他发现兔子来过，但当它发现路上有刚撒的雪时，它就转身跑掉了。莉萨为什么要这样做？马蒂曾经说过捕捉兔子的事应该由他来负责，但她没有，而是趁马蒂不在家时偷偷来到这里，这样就破坏了别人的运气。兔子现在还会来吗？一旦兔子疏远后，当然不会。

当马蒂两手空空地滑向别处时，他好像感到心里很恼火。可是不应该生气，如果发脾气，兔子就更不会落入陷阱了。

是不是应该去堆放干草的窝棚查看一下那里的夹子？窝棚就在青草地的沟壑里。马蒂沿着牧草地往下滑就来到了青草地。他走近窝棚，他还不知道那里会发生什么情况，因为铁夹子都放置在窝棚的另一面。马蒂接近窝棚时，他尽量保持安静，尽管如此，他的心里还是直扑腾——兔子是不是落入圈套了？还会怎么样呢，马蒂根本不相信会出现这样的情况。他这次出门并不是想抓兔子，他出来滑雪是为了消遣而已。滑雪板已经对着窝棚的另一面，马蒂已经把脑袋转向窝棚的另一面。没有，真见鬼！喏，他知道不会有的，没有看到兔子，连兔子的足迹都没有看到！小路已经完全封闭了——夜里大风把移动的冰雪吹到路上堆积了起来，把离窝棚较远的足迹全都覆盖了，兔子有好几天没有到过这里。马蒂心里有些酸溜溜的，他用滑雪杖把铁夹子从雪堆里刨出来，挂在窝棚旁的木柱顶上。

马蒂在青草地的另一端茂密的云杉林里还有最后一批铁夹子，那里是去年秋天开垦的裸麦地。但是他不想去那里，既然窝棚旁没有兔子，那么别的地方也不会有兔子——这是毫无疑问的。看来兔子并没有出来活动过。

尽管如此，马蒂仍然不想转身回家。莉萨抓到兔子的地方就在开垦地的角上，马蒂觉得要是能去看一看那有多好啊！于是马蒂沿着莉萨滑过的滑道前进，道上雪并不多。马蒂朝着青草地中间的小树林滑了过去，从林子旁滑过后他看见了来自小树林兔子的足迹以及跟在后面的滑雪板痕迹。可是太奇怪了！那里的痕迹完全是新的，它来自小树林，跟随着以前足迹的方向延伸。

马蒂朝着足迹所指引的栅栏角越滑越快。至少从远处看过去那里什么也没有，但当他走近时，他发现栅栏旁有个东西曾经在雪地里翻滚过。等着瞧，难道这不是兔子吗？它也许在栅栏的另一端。马蒂不想再滑了，他头脑里出现这样一个可怕的想法：要是它逃跑了，从滑雪板上跳下来后，他在齐腰的雪地里费力地走到栅栏角。

可是马蒂大失所望。兔子在新的雪地里曾经翻滚过，但兔子本身却怎么也找不到，栅栏的另一端也没有，绳子也不见了。不过，马蒂很快就发现究竟是怎么一回事——兔子把用来固定绳子的树条咬断了。这奇怪吗？真是个傻瓜，可她不懂得换上新的树条。经过整整一冬天的腐烂，旧的树条还能用多久，她是应该知道的。唉，就该这样——这样——这样！马蒂把固定在木杆上的树条全都解开，把木杆扔向远处的林子里。

莉萨在圈套上没有换新的树条，马蒂觉得这是不能原谅的。奇怪的是第一只兔子就应该把树条咬断了——它只要想咬就能把它咬断。不知道这只兔子怎么啦。现在他明白了，原来兔子不会无缘无故地使劲咬断腐烂的树条。大概有人把兔子管住了，这是谁呢？——林中之神。而最后这只兔子，各种迹象表明它真正是只兔子，它把圈套上的绳子都咬断了。

马蒂开始往回滑——莉萨有什么理由去查看别人设的圈套呢？她先把雪都撒在路上，兔子没有被绳子套住也就不奇怪了。然后她又没有把旧树条换掉，假如兔子不把绳子咬断，那才奇怪呢！现在兔子跑了，而脖子上还套着绳子呢，既然它把绳子带走了，难道还会送回来吗？

马蒂心情不佳——心情很坏——这是不是无中生有？他很想知道，还有哪个猎手会让婆娘们走近罗网或者让她们查看捕兔子的夹子？她的脚要是不小心被夹住了那才好呢！她就不会到处乱跑了，这个所谓的猎手。

　　马蒂沿着农田滑到院子里。因为有点儿往下滑，所以他的脚不时地从鞋夹里滑出来——该死的！她还到处串门儿！去送纺线？好像很着急似的。牧师夫人也许会问她，就是不问她也会说的，她是多么想听到有关铁路的情况啊！就是听到了，又有什么用呢！不是一样愚蠢吗？

　　马蒂的脚又滑了出来，他差点儿脸朝下倒在雪地里。是啊，又是铁路这个东西，也许整个这个玩意儿，把它说成这样，这都是人们编造出来的。说什么沿着铁路走一天一夜就到赫尔辛基，就可以出国了，这是谎言，彻头彻尾的谎言！这是不可能的——一天一夜？即使你是骑马能手，难道不需要停下来过夜吗？等着瞧，他们对她到底说了些什么——很明显，说什么她都信，这个蠢货，还要告诉别人。

　　马蒂刚从桑拿屋后面滑到院子里，这时候莉萨正从主屋墙角后面过来，她让马转过头来。

　　"吁！——你好！你好！——吁！牧师和牧师夫人向你问好——快来，老公，帮我一把，我陷在雪橇里爬不出来了——吁！——牧师府的女佣们在我身上放这放那，压得我够呛——吁！——行，这下好了——现在过来把马牵住，不要让它——我——嗨！吁！"

　　但马蒂并没有走过去牵马，马儿把莉萨一直拉到巷道的尽头，并且干脆吃起干草来了。

　　马蒂在客厅里把滑雪板靠在墙上，对莉萨说："你驾着雪橇到巷道里去干什么？"说完后他才从巷道里把马倒退出来。

　　"你看，我有什么办法呢，它把我拉到……"

"当然要把马控制住——驾，驾，驾！——吁，你想干什么？它饿成这样，大概很长时间没有吃东西啦。"

"它吃过饲草，它一直待在马厩里，牧师夫人还提醒监工——我每次去的时候，他们总是……"

"你现在还不想站起来吗？你是不是打算永远这样待在那里？"

"我出不来，帮我一下，马蒂。"

"我要把雪橇侧过来吗？"

"天哪！别这样，马蒂！好吧！你现在不要——没问题，我就从雪橇里出来！"

莉萨走出雪橇，同时走进了主屋。马蒂卸下马具，把马牵到马厩里。

过了一会儿莉萨出现在马厩门口。

"你给马儿准备饲草，对吗？这很好，让我来拌吧。"

"我也会干这个。"

"那么我去打水给马喝。"

"它喝过了，它现在不渴。"

"很难说，万一它还喝呢。"

"它不会喝的，跟你说它不会喝，你就是不信！"

"好吧，可你现在别——你别——"

莉萨看起来很高兴地提着一桶水走进马厩，把水桶放在马的前面。

"喝吧。"莉萨说。

但马蒂仍然气呼呼的，一声不响地搅拌饲草。

"好啊，连招呼也不打一下，马蒂。假如我听到很多消息，那会怎样？"

"我怀疑你两天能听到多少东西，很奇怪，你忙着要走，连听都不想听。"

莉萨开起玩笑来了……

"我并不是真正想走的，但是我到头来只得走，不过，可怜的老头儿啊，我怕你想我就不知道日子怎么过喽。然而，上帝保佑，昨天晚上我跟牧师夫人坐在一起聊天，大家可高兴呢！牧师大人嘴里叼着烟斗，他不时地穿过厨房走进来，抓住机会就插话，而且一说就没完没了。"

但马蒂假装没听见——把饲草搬到马的跟前，然后开始打扫马厩。

"这一定是个怪物，这个铁路——我们谈的都是铁路，很少谈别的东西——要是知道它是什么东西那就好了！"

马蒂对铁路的了解跟莉萨一样，不分上下，但他不想吹捧，他一直保持沉默。

"明天你不会赶着马出去，是吗？还是我要马上给它套上马具，吃完饲草之前就给它套上？"

可是马蒂这种刺耳的话现在对莉萨也不起任何作用。

"明天还不走，要等夏天来了，那时候就得走，什么也阻挡不了啦！"

"这样急急忙忙去哪儿呢？"

"到拉比湾教堂去看铁路！"

"什么铁路？"

"天哪，不就是那里的铁路吗？"

"这条不存在的铁路？"

"不存在的？"

"你怀疑这样的东西到底存在不存在，你是不是还这样认为？"

"我这样认为吗？——你呢？"

"我从来也没有这样认为过，我亲眼看见之前，我是不会相信道听途说的——傻瓜才相信哩！"

"不过牧师夫人见过铁路！"

"牧师夫人知道你是什么都信，所以她在愚弄你呢。"

"牧师大人呢？他也在愚弄我吗？呃？牧师大人呢？难道你连牧师大人都不相信了吗？"

"别嚷嚷！轻点儿我照样听得见，我可不是什么聋子！"

"我没有嚷嚷，我只是想问你，你觉得牧师大人是在说谎吗？"

"我什么时候说过他是在说谎？"

"如果说铁路是存在的，然后又说它是不存在的，这就是在说谎！"

"瞧，你不是又在嚷嚷啦！你干吗要到马厩来大声嚷嚷？你要嚷嚷，你就到牛棚去嚷嚷吧，我照料我的马，你去照料你的牛！"

莉萨走了，但她觉得很遗憾。她本来想把牧师夫妇对她说的话都告诉马蒂，而且她还知道马蒂对铁路的了解要比她差多了。他知道得比她少，所以他甚至没有耐心听她讲，如果他当时也在听，他就会谈论。

没问题，只要马蒂情绪好点儿后，他们还会谈论铁路的。当他情绪不好时，他从来就是这样。

可是马蒂很长时间情绪就是不好。好几天他绷着脸，很不高兴的样子，特别是当他两手空空从树林里回来时，他的脸色就更加难看。

整个儿冬天他在窝棚旁只抓住一只兔子，而就是这只兔子也有一半已经被野狼吃掉了。

每当莉萨开口谈到铁路时，他马上就说：

"撒谎！不要说啦！我不信！"

莉萨很想告诉他。她在牧师府听到了很多马蒂肯定不知道的东西——有关大轮子和小轮子等等的情况，莉萨多么想告诉马蒂，让他也知道她所知道的一切。她并不想比她丈夫聪明，比她丈夫知道得多。牧师夫人说，有关铁路的这些情况她当时忘记告诉马蒂了，也就是这些东西莉萨特别想告诉马蒂。但当她要开口说话时，马蒂马上就说："撒谎！不要说啦！我不信！"

这的确使莉萨很难过，她使劲踩纺车，好几天不跟马蒂说话。饭她还是做，把饭菜端到饭桌上，但吃饭时她不叫马蒂，也不跟他一起吃——马蒂吃完后她才开始吃，一句话也不说，面包上也不抹黄油。

经过几次以后莉萨整整一冬天就不再谈铁路了——马蒂也不谈了。

他们虽然嘴上不谈，但他俩心里却仍然想着铁路。在睡梦中他们常常见到铁路，他们互相听到对方在梦中谈论铁路。如果他们碰巧从呓语中醒了过来，他们就会赶紧转过身去，互相背靠着背，同时把被单往自己身上一拉，假装睡着了。

五

冬天开始变成春天。阳光持续地照在雪地上,雪堆融化得越来越低,逐渐跟大地成一个水平。木屋四周的雪层下面开始出现流水,它流呀流,一直流到寒夜把它凝结才停止,但第二天温暖的阳光又使它融化,同时冰层也变得越来越薄。

到头来冰层就不再冻结了,不论白天黑夜水流沿着山坡潺潺地流着,一边流一边把农田里和栅栏周围的雪堆全都冲到了低地和沟壑里,那里金盏花正在溪流旁蓓蕾初绽,生机勃勃,青草地里的绿色小草也开始钻出地皮,露出葱心似的嫩芽。

林中木屋周围,冰封雪盖的冬天慢慢地消失了。冰雪融化,冰水一滴滴地从木屋房檐上流了下来,屋子朝阳面的墙一块块地露了出来,院子里也慢慢地见到地面,而农田里裸麦的嫩苗也开始探出头来。在不知不觉中地上的冰雪渐渐地融化,整个地面全都露出来了,只有劈柴垛旁碎木片下面还有一些薄薄的冰层,它仍在散发着一点点寒气。

但马蒂很快就把碎木片扫掉,用铁钎把冰层凿碎,把碎冰块儿抛到院子各处,这样一来,太阳马上就把这些碎冰块儿融化了。主屋旁的白桦树开始长出叶子,燕子从教堂村一直飞到这里,钻进了马厩的顶棚。在阳光不停地照耀下,夏天已经来到了林中木屋的外面。

夏天也来到了这座木屋里面。他们那种僵硬的情绪也开始融化了,到头来就完全消失了。

日光轮流从各个窗户不停地照射进来。夏天的时光越来越显得漫长，特别是节假日。马蒂试图通过睡觉来消磨时间，而莉萨则是通过阅读圣经来消磨时间。然后睡觉不总是睡得着，读圣经也不总是读得下去，特别是当太阳把地板照得越来越暖和，然后把整个房间照得越来越热的时候。

耶稣升天节那天，马蒂整天睡不着。下午他从长凳上爬了起来，伸了伸懒腰，打了个哈欠，然后说道：

"哈，哈！这下可睡够喽！"脸上略微露出点笑容。

莉萨坐在土炕旁的窗户下，眼睛看着圣经，金丝边眼镜架在鼻子上。她从眼镜框上方窥视着马蒂，她带着略微温和又责怪的口气说：

"是的，没错！"

"还能干什么别的事呢？！"马蒂说，手掌在膝盖上一拍，很费力地站了起来，从玻璃窗上面把烟斗拿过去，在炉火中点燃了，然后他背靠着灶坑站立着，两手放在背后，边抽烟边看着下午的阳光。

"当然啰，照这样下去，到了圣灵降临周，地上的冰雪会全都化光。"

"我不知道。"莉萨回答说，把书放在一边。

"这会儿我们在树林中间哪儿都没法去——林间小道都往下陷，公路大概没有雪了。林间小道上不能骑马，又不好意思步行，到底什么时候可以出行呢？"

这时候莉萨思索了一会儿，她心里想："我该不该现在说？"接着她说："从我们家到教堂村如果有铁路，那么路况差也没关系——牧师夫人也开玩笑地说：'要是有铁路，路况差也不会有影响'。"

这种说法连马蒂也不认为是谎言。他起先什么也不说，只是死盯着看院子里的某个东西，过了很长一段时间后他才开口说话：

"这样的东西也许每个农户都需要。"

"好极了。"莉萨心里想，但这次关于铁路他们就谈到这里为止。然而，她很快就把咖啡壶放在火上。吃晚饭时她跟马蒂坐在同一张桌子旁，她在面包上还抹了黄油。

圣灵降临节前夕，马蒂把劈柴垛旁还没有融化的冰块全都敲碎。莉萨把桑拿烧好了，于是他们一起洗了澡。吃了晚饭后，他们一起抚摸猫咪的背部。当夕阳从窗户射进来把厅堂照得红彤彤时，他们就开始聊起天来了。

他们首先谈的是那些重大的节假日，然后是上帝的教导和上帝教导的宣讲员——牧师，有好的和差的。马蒂觉得他们教区的牧师是好的，特别是牧师大人。

莉萨也认为他们是好牧师——虽然她听说拉比湾的牧师具有更好的口才。

"更好的口才？"马蒂不记得听人说过。

但莉萨回答说："更——更好的——更好的，不管怎么样，拉比湾牧师还有更多好的东西。"

"还有什么更多好的东西？"

"嗨，你瞧，他们有铁路等所有的一切。"

"是啊，没错。"马蒂同意说，这事好像他们早就谈过似的。

他们坐着，沉默了片刻，然后马蒂说：

"要是到拉比湾去听听具有更好天赋的牧师讲道……"

"去不去？不过，到他们那里可有一段相当长的路。"

"并不特别长——离我们教堂大概有二十多公里。"

"什么时候动身？"

"比如说仲夏节。"

"奶牛怎么办？"

"你可以从凡尔盖斯村请个人来照料一下。"

只要叫个人来照看这头可怜的奶牛，不至于没人给它挤奶，这样的事情莉萨当然不会反对。现在有机会在她死之前到别的教区去听听那里牧师的讲道，自己教区牧师的课什么时候听都可以，要是他们的讲道对有罪的人会有所帮助，那就更好了。

仲夏节的星期六，马蒂和莉萨便动身前往拉比湾教堂去听口才更好的牧师讲道。

"你开始走吧——我马上就来！"莉萨对着马蒂喊道，因为马蒂已经站在院子里等着她呢。莉萨已经从凡尔盖斯村请了一个人来看家，她现在还有些话要对这个人说。

马蒂把装干粮的桦皮筐背在肩上，然后就走起来了。他顺着木台阶跨过了宅院的栅栏，这个栅栏是从谷仓墙角一直延伸到主屋墙角，沿着地埂走过庄稼地、沟渠和田间的篱笆，篱笆旁山莓正在茁壮成长，走到栅门处马蒂便回头张望——看看莉萨是不是跟上来了，他看见她用手抓住栏柱跨过栅栏，接着卷起长裙正准备跟上来。

马蒂没有在栅门旁等她，但莉萨很快就赶上来了。然后他们两人就沿着通往青草地的小路走着，马蒂在前，莉萨稍稍在后。

"两个星期后这儿就要开镰收割了，"马蒂说，"你瞧，栅栏旁绣线菊长得多好啊！"

"看来的确是这样。"莉萨说，她尽量跟在后面。谷底有条小溪，溪水正在潺潺地流着。

"天哪，我怎么能跨过去呢？"莉萨说完后就停在那里。

"沿着树走！"马蒂说，他没有停下来。

"万一掉进水里怎么办？——不要把我丢在后面！"

"你不会掉进水里的。"

莉萨并没有掉进水里。

他们从青草地走进了一片绿色的小树林，从小树林经过沼泽地就来到了山林，穿过山林就爬上了高地，然后越走越高，最后来到了岭巅。他们精神饱满，意气风发，而且越走越有劲儿。

走到岭巅他们看见路旁竖着一根大木柱，这表明他们已经走了四分之一路程。莉萨坐了下来休息，而马蒂从裤腰带上解下烟草袋，点燃烟斗准备抽烟。

"别把火柴扔在干草堆里，不要让森林着火。"

"如果着火了，对这样贫瘠的荒地来说会有什么危害吗？"

"那你为什么非要故意放火呢？"

"好吧，不该这样做。"马蒂承认说得不妥。

他们又继续前行。越过山顶后他们沿着另一个山坡往下走，但下坡更陡。一路上，林子时而茂密，时而空旷，此时一片草地便出现在眼前，脚下的土地在有些地方会发出空洞洞的响声。接着他们一会儿走过绿色小树林，一会儿走过青草地。绕过青草地他们就沿着篱笆越走越远。一上公路，一片小松树林便映在他们的眼前，干枯的松针散发出的清香扑鼻而来。

一到公路，一只喜鹊从树林里跳了出来，它开始在路的前面跳跃，从一棵树跳到另一棵树，并且不停地发出笑声。

马蒂准备从路旁攀折枯树枝，用它来驱赶喜鹊，可是他并没有攀折树枝。他觉得他不能这样做，否则莉萨会认为马蒂觉得喜鹊是在嘲笑他们所以他一气之下用树枝去驱赶它。于是马蒂假装没有看见喜鹊，让它在前面跳来跳去，嘻嘻哈哈。喜鹊笑呀笑，在路的两旁从一棵树跳到另一棵树，咯咯地笑，并且摆动着它的尾巴。到了路口它才离开马蒂和莉萨，飞回树林去。

"它在这儿有鸟窝，不喜欢被人打扰，所以在逗我们。"莉萨说。

"它素来是自得其乐。"马蒂说。

他们来到了十字路口，那里的路标脚下有人放了一辆雪橇，这又是一处供人休息的地方。莉萨往下走到沟渠旁，而马蒂则在雪橇边上的木板上坐了下来。

"你坐的地方是雪橇。"莉萨说，"铁路上也有雪橇。"

"就像其他大道那样铁路上当然也有雪橇。"

"牧师夫人说它是机器拉的。"

"它大概拉得动，因为在水上航行时它有七匹马力。"

"听说有时候它也会被积雪卡住，当暴风雪真的来临时，不管用什么办法，它就是动不了。"

"啊哈！这家伙也会停住不动，呃？那它怎么解脱呢？"

"噢，这个我没有问。"

"恐怕要雇工人把铁路上的积雪铲除，就像对待雪橇那样——现在看见了吧？！"

"看见了什么？"

"你看，真正出现问题时连机器也没有办法——咱们走吧！"

"好，走吧。"

从此他们就沿着公路前行。马蒂边走边思索，这家伙虽然看起来跑得很快，连最棒的骑手都无法跟它并驾齐驱，但它也会停止不前。铁路无法从积雪堆穿过去，马蒂真想通过这件事拿铁路来寻开心。如果它真是个奇迹，那么雪堆是阻碍不了它的——它一定会穿越过去！连巨石都得让路——摩西竟然让石头都流出水来——他的身上是有上帝的灵魂。

他们继续沿着公路前行，公路尽头凡尔盖斯村的房屋开始露出来了。

"这些都是谁家的母牛？"马蒂看见路旁的牛群时问道。

"这些是凡尔盖斯村民的牛。"莉萨说，但此时她好像想起什么东西，因此她说：

"听我说，马蒂，冬天我去那里时牧师夫人对我说的话，我忘记告诉你了。"

莉萨就把牧师夫人对她说的话告诉了马蒂，牧师夫人对她说，去年夏天铁路曾经从牛的头上开过去——这头牛就从中间一分为二，牛的一半躯体在路的这一边，另一半在路的另一边。

"听说这家伙开足马力飞跑，眼睛没有往前看，就是前头有人它也不管。"

"是不是非得站在前面不可？"

"是啊，牛来不及躲开，它也没有这样的理解能力。"

"牛没有，只有人才有这样的理解能力。"

"但人也来不及躲开——听说开车的人根本不往前看,如果路上有什么东西,那就完了。听说他们会鸣汽笛,如果不躲开,那就会被碾在车下。"

"它会鸣汽笛?"

"听说是这样。"

"陆上航行时也应该遵守同样的规则——如果被撞倒,就得自己负责。"

"既然可以在别的地方行走,被撞倒的这个人大概是个疯子。"

"应该靠边儿行走。"

"听说有时候它也会把靠边行走的人抓走,如果靠得太近——听说有个人被抓走就是因为靠得太近,看来它的吸力大概很强,抓人就好像急流把人卷入旋涡似的。"

"它边跑边抓,对吗?"

"也许是这样。"

"要是碰巧来到它的旁边,大概要离它远一些才好——要我这样做我能忍受。"

"我大概也能。"

马蒂和莉萨继续前行,他们一致认为,如果碰巧来到它的旁边——走在铁路的前面或者离它太近——这样做纯粹是发疯。要看这个东西的话可以站得远一些,比如说站在栅栏后面,这又不是什么非要用手指头触摸的东西。你得知道,如果你把它逗怒了,它就会咬你。

是啊,这野兽可不好惹——把牛劈成两半儿!真可怜,这是谁家的牛?即使快要把人压死了它都不会停住!

对马蒂和莉萨来说，他们对此并不害怕——万一他们就在它的旁边，它会干什么，他们是心知肚明。但是有人走近它时并不知道它会干什么，对他们来说，这家伙是很危险的。

走到凡尔盖斯村时，马蒂和莉萨走得比在别的地方要快，他们一家也没有折道去拜访，尽管许多家都强烈邀请他们。

欧得利家的地里，主人正在赶着马耙地。看见他们走来，他就骑马来到栅栏拐角处，下马后靠在栅栏上开始抽烟。马蒂和莉萨看见他之前，他们几乎擦肩而过。

"你们这样匆匆忙忙去哪儿啊？"欧得利站在栅栏后面突然问道。

"噢！"马蒂和莉萨同时说，而且有点儿吃惊。

"去哪儿吗？"马蒂说，"到教堂那儿去。"

"背着满满一筐干粮——"

"那里我们有些公事要办，可能要在那里过礼拜天。"

"就在教堂那儿？"

"就在那儿，我们在教堂那边有些事儿。"

"难道你们不去看铁路吗？这会儿人人都去看铁路，我就是没有那么多空闲时间。"

马蒂把话锋一转。

"耙地耙得不错吧？"他问。

"还可以，地太干，有点儿扬尘，还凑合。"

"我们该走啦。"马蒂说，他们站着，互相看了一会儿。

"难道没有时间到我们家坐坐吗？"

"真的没有时间，该走啦，就此告辞了。"

"好吧，再见！"欧得利说，继续抽他的烟斗。马蒂和莉萨继续赶路，但他们很清楚地感觉到他正在背后看着他们，他正在暗自嘲笑他们，就像他说"这会儿人人都去看铁路"时那样。

不过，马蒂和莉萨并没有互相把这种感觉告诉对方。

他们走呀走，没有再碰到什么人了。牧师府已经开始映入眼帘。他们是到了中午才离开家的——早一些他们脱不了身——而现在太阳又往前过了一个时辰。该是挤奶的时间了，各家的牛棚都在冒烟。莉萨心里想，他们家的留守是挤完奶了还是刚开始点火。啊呀，忘记告诉她了，引火柴就在谷仓上面那个储物架上。莉萨对马蒂说她也许自己会找到的。马蒂也是这样想，他觉得她去取挤奶用的奶桶时会看见引火柴的。

马蒂和莉萨来到十字路口。一条是快捷方式，沿着青草地穿过牧师府院子直接通往教堂，但另一条路，也就是他们来的这条公路，则要绕过牧师府的青草地和庄稼地。

马蒂在十字路口站了一会儿，他要等莉萨，因为她总是滞后一些。莉萨在路旁坐了下来，开始把鞋穿上——在这地方开始穿鞋，这是婆娘们的习惯——她们不敢光着脚穿过牧师府的院子。马蒂以为也许不必沿着青草地走了，而莉萨觉得既然是快捷方式，当然要沿着青草地走。

但马蒂说这样走牧师府里的老少爷们会看见他们的——他们每逢夏天常常坐在门前的台阶上。

而莉萨觉得他们看见没有什么关系——牧师府里的老少爷们以前也看见过他们。

是的，这没有什么关系，不过他们也许会叫他们进屋，问他们去何方，到那时谁向牧师大人解释呢？是不是说到拉比湾教堂去听具有较好口才的牧师讲道？牧师也许嘴上不说，但他心里会觉得，对他们来说，自己教区的牧师不行了，所以要到那里去听别的牧师讲道。

"就说我们是去看铁路。"莉萨说。

什么？！马蒂觉得不能这样说——万一铁路没有看成，那么他这样说岂不就是当着牧师的面撒谎吗？返回的时候很可能要经过牧师府。

也许莉萨也是这样认为，不管走哪条路，只要往前走就行。既然她已经开始穿鞋，不管怎么样，她还是把鞋都穿在脚上。

马蒂和莉萨沿着公路继续前行。他们绕过青草地和庄稼地，经过牧师府门口，朝着教堂走去。

他们在圣器储藏屋的台阶前坐下来休息。马蒂把背筐放在最下的一级台阶上，而莉萨开始把鞋脱掉。

就在此时，一辆马车突然沿着公路从圣器屋后面驶了过来，车上坐的是牧师府全家：牧师、牧师夫人、小少爷和小姐，另外还有几位客人，马蒂和莉萨并不认识他们。车上的人起先没有注意到坐在圣器屋台阶前的人，他们几乎已经从旁边驶过去了，此时牧师夫人无意中转过头来。马蒂赶紧脱帽致意，莉萨站起来行了个屈膝礼。大家都停止前进，并且开始聊了起来。

"晚上好！瞧，马蒂和莉萨！你们去哪儿？"牧师夫人问道。

莉萨回答说："晚上好，牧师大人，牧师夫人，你们好！我们是从家里来的，晚上好，小姐！你好，你好！我们出来——噢，这是小少爷吗？长得这么高我认不出来了。你好！收割牧草之前，我们出来活动活动，马蒂想到府上请安，但我说，现在没时间了，回来时打算登门拜访。"

"原来是这样。"牧师夫人亲切地说。牧师问他们去哪里。

"到这儿就已经走了一段路了，再到哪儿去，恐怕还要走十几公里，到拉比湾路旁。"

"你们是前往拉比湾？"

"是的，因为马蒂有好几家亲戚住在那里，听说有一家的台阶前可以看见拉比湾教堂。他的亲戚常常请我们去串门儿，但以前老是走不成——这些是东家的客人，他们都是谁啊？"

"他们是我们家的亲戚。"

"大概是从老远来的吧。"

"他们来自赫尔辛基，他们是沿着铁路来到这里的。"

"沿着铁路？"

"是的。既然你们这次到了拉比湾，你们当然应该去看一看铁路，对吗？"

"去看铁路？我不知道，这事儿没有谈过，不知道有没有时间，因为我们打算明天到这里来做礼拜。"

"教堂总是要去的，不过，既然你们这次来了，你们就应该去参观一下铁路。你们可以在拉比湾教堂做礼拜，不是吗？"

"是的，是的，当然喽，虽然我们的教区并不缺少牧师。"

"这次去参观一下铁路吧。"牧师夫人进一步敦促他们。

莉萨看着马蒂，但马蒂却一言不发。

"是否该去看一看，我不知道，我想那里一定有值得看的东西。"

"而且还应该坐一段路的车。"

"我们可没有钱坐这样的车，对我们老人来说，能够看一看就已经不错了。"

"坐车并不贵，只有普通马车费的一半——一半的马车费就可以坐车走同样长的路。"

"贵倒是不贵，对我们来说，是从来也不值得坐马车的！"

但牧师夫人仍然抱有希望。她毫无保留地希望别人也会像她自己那样享受同样的乐趣。

"当然值得。"她说，"当你们看到这是个什么玩意儿时，你们就会想坐一下车试试——好吧，回来时到牧师府来串门儿。"

牧师夫人向马蒂和莉萨告别后便跟着别人走了。

莉萨脱掉鞋，马蒂背上背筐，他们就继续赶路。

"既然他们这样强烈希望我们去看一看，那么我们是不是就去参观一下吧？"

"大概必须去看一看喽！如果不去，当他们问起来时，我们该怎么回答呢？"

这几句话使马蒂和莉萨感到有点儿吃惊，但他们互相之间什么也不说。

不过马蒂很想开个玩笑。

"莉萨，为什么你要对牧师夫人撒谎，说我们是去看亲戚？"

莉萨以为马蒂真的在责怪她，于是她回答时带点儿生气的样子。

"如果不是这样说，那么我该说什么呢？你自己说也许会说得好一些——"

"不见得，不见得。"马蒂带着抚慰的口气说道。

莉萨气也消了——

"你恐怕连这样的话都说不出来——你这个死脑筋，牧师夫人问我们时，你什么都说不出来。"

他们走过教堂村里的大街小巷，经过村子旁的庄稼地。公路是直接穿过庄稼地，离开村口后便进入郁郁葱葱的树林。树林一转弯，村里的房屋和农田立即就消失了。

从这里开始一直到拉比湾教堂村一路上几乎全是枝繁叶茂的树林，中间偶尔会出现一片青草地，对此马蒂和莉萨是心知肚明的，所以夜里凉快的时候，他们就加快步伐。路有时往下弯曲，形成了低谷，这时候迎面而来的是沼泽地里那种凉爽的空气，但是到了高地，山间石楠散发出的那种暖融融的香味沁人心脾。露水已经降落在路旁的青草地上。天色越来越暗，黑夜即将来临，但是他们打算过夜的农舍还没有出现。马蒂和莉萨不停地走呀走，互相很少说话，他们俩都顺着大车轮子留下的车辙行走，一人一条，马蒂略微在前面，莉萨尽量跟在后面。

早晨七点左右，天空明朗，一轮红日已经把公路上的地面和山冈陡坡上的石头照得暖融融的。马蒂和莉萨在一间黑洞洞的桑拿屋里过夜，但他们没有睡着，到九点左右他们就起来了——等着瞧吧，不知道去看铁路是否还来得及。现在从这里到拉比湾教堂村交叉路口还有五公里，听说那里还看不见铁路，还得走一段路才能到最近能看见铁路的地方。听农舍里的人说，要是真的想看，那么再走半天就可以到达目的地。

马蒂和莉萨走得比平时要快，上了年纪，上坡很费力。太阳晒得地面热辣辣的，把莉萨的脚底灼伤。马蒂的鞋太紧，他的脚跟磨破了。阳光几乎像中午的太阳那样直接照在脖子上。

"等一等，马蒂！别走得这样快，假如带上马，那就还来得及。"

"用脚走怎么啦？我们已经走到这里了，这说明用脚走也行。"

"用脚走当然可以，不过，你的脚跟恐怕不太想走喽。"

"这儿只能用脚走，坐着不动是到不了目的地的。"

"难道坐下休息一会儿都不行吗？自从离开农舍以来还没有休息过呢。"

"你是不是累了？"

"要是压根儿没有出门就好了！"

"那么往回走，怎么样？"

"既然这次出行的目的是为了看铁路，那现在就去看看吧，不过我下次是不会再来的。啊呀，这个山坡太长了，还要往上走。瞧，路旁有个什么东西？"

"哪里？那是一块石头，不是吗？"

"不是，是石头旁边——原来是个人！这不是马泰家的丽埃娜吗？"

放血婆丽埃娜坐在石头旁，她拿着小烟斗正在抽烟。

"是啊，丽埃娜，你是从哪儿来的？"

"我是从拉比湾来的，这段路把我累得够呛，所以我就在这儿歇息。眼看就要下雷雨啦！"

"丽埃娜，你到拉比湾去有什么事？"

"这会儿到那里去除了看铁路还会有别的事吗？我也必须去看一看，因为除了我别人都已经去看过了。现在大家见面时谈论的不是别的，就是铁路——别人都在谈铁路，而你什么都不知道，这对按摩师来说是个耻辱。我实在等不及了，所以节日前夕我就来这里。"

"你是走来的吗？"

"穷人怎么会有马呢？而富人却不坐马车。胡图拉庄园主跟我是同一天来这里的，他是自己赶着马来的，不过我故意大声地说让他在桑拿屋里能听见——要是换一个人，肯定会把我带上，因为我给他按摩、放血不知道有多少次了。但富人却无动于衷，这会儿在他那肥胖的下巴上还有拔火罐刚留下的痕迹，如果你们有机会见到他，你们得好好看一看，是不是还有。这是最后一次了，他叫我去按摩，我是不会再去的，让他们到别处去找放血婆吧。噢，这段路上可仍然是人烟稀少啊！"丽埃娜最后叹息说。

"这里是人烟稀少，那里路旁有几座农舍。"

"大家越过千山万水去看这种鬼东西，这真是可笑——对上了年纪的人来说，难道非要亲眼看见才能相信吗？你们正在这样做，你们也是傻瓜，不是吗？"

"去不去，还不知道——但我很想知道我们到底去不去！"

"那么你们是去哪里呢？"

"我们打算去拉比湾教堂。"

"不管你们打算去哪里，你们一定是被铁路所吸引的——我就是被铁路所吸引的。"

"丽埃娜，你见到铁路了吗？"

"我见到了。"

"好不好？它是什么样子？"

"它是——很怪——很怪，要是不看，我是不会相信它会是这样的。"

"它是在轮子上行走的吗？"

"下面有很多轮子，我们站在一座房子前面等着，它会直接开到房子前面。"

"它什么时候来？"

"过不了太长时间它就要开来了，它大概中午这个时候到。"

"快到吃早饭的时候了。"

"要是你们真想及时看到它，那你们就得赶紧走。"

"我们想先去教堂做礼拜，然后再去看铁路。它大概会等我们做完礼拜后才开走，它以前是等我们的。"

"它等我们吗？"

"在水上航行时，它会在教堂的码头旁等我们做完礼拜。"

"对，是这样的，但在陆上航行时它好像不等了。首先它开来时速度很快，然后停很短时间又开走了——在礼拜仪式还在进行时。"

"这样的话，我不去了，马蒂，如果一定要我在礼拜仪式当中退出来，我就不去看铁路了，你自己可以去。"

"那你什么时候能看见它呢？"

"对我来说，没有见到铁路也没有关系，再说，我的脚现在痛得厉害，我不会因此而犯罪。"

"犯什么罪？"

"这不是罪过吗？如果在做礼拜时退出来不是罪过，那还有什么是罪过？"

莉萨是在等马蒂反驳说这不是罪过，但他就是什么也不说。

"从这里到拉比湾教堂还远不远？"莉萨只得这样问，因为别人都一言不发。

"从交叉路口到教堂还有足足五公里。"

"还要走那么长的路，而且在这样的炎热下，连一点儿风都没有！"

"路从什么地方分开？"马蒂问。

"从这里再走一段路便到了交叉路口。你们现在往山下走，然后爬上另一座山，交叉路口就在山顶上，你们走右边的那条路，它一直通往拉比湾教堂。那里有个漆成红色的路标，它指向你们要去的那个地方，你们不会错过的。"

马蒂和莉萨不用寻找就看到了交叉路口——就像丽埃娜所说的那样，在山顶上分成了两条路，一条是往右延伸。到了交叉路口，远处山谷底下的教堂已经依稀可见。

莉萨停下来遥望着山谷里的教堂，而马蒂不假思索便向右拐继续前行。

"你是去那里吗？"莉萨在马蒂后面问。

"你问我去哪里，是吗？"

"做礼拜的时候不能走，听见没有？等等！"

"现在还不是做礼拜的时候，如果你想来，你就来吧，不能在这儿耽搁时间啦！"

"啊呀，我的天哪！"

马蒂坚持往前走，也不等她——这真是无法无天！莉萨只得跟在后面，如果不想让他们俩分开，那就没有别的办法，要是一个奔东，另一个奔西，那么他们在什么地方才能相会呢？况且还是在人生地不熟的地方，如果分秒必争，动作敏捷，或许还能赶得上做礼拜。

"等我一下，马蒂，我来了，别把我留下！"

莉萨在马蒂后面紧追不舍。她步履蹒跚地走在晒得发烫的沙石地上，脚下嘎吱嘎吱地作响，不时地把长裙的褶边卷在手里。马蒂一直走在她的前头，他的身子快速地左右摇摆，麻布裤腿儿在两腿中间也随之晃动。

六

拉比湾火车站是修造在森林中间。当你沿着通往火车站的路走时，你会看到路的一边是枝繁叶茂的树林，路的另一边则是高高的山冈。路是盘旋着山冈向前延伸。快到山顶时，它像松树球果的尖顶那样绕着山顶蜿蜒。当你走到那里时，你会不知不觉地发现铁路和火车站赫然出现在你的眼前。

首先映入眼帘的是一座红房子，接着，绕过球果尖顶另一座红房子扑入你的视野。它有白色的墙角和一扇两面开启的大门。往前再走一会儿，先在树丛中闪现后来全部显露出来的就是火车站，其主建筑是一座油漆成黄色的、镶着圆木护壁的小楼。高大的玻璃窗和玻璃门，在阳光照耀下闪闪发光，格外夺目。

车站上一片寂静，看来人们还在睡觉，也许清晨这个时候正睡得香呢，因为所有的门还都关着，窗帘还都没有拉开。仲夏节夜，那里山脊上点燃了篝火，人们整夜都没有合眼。"铁路老爷"

们让帮工在山脊上堆起了篝火。他们整夜在山上喝酒，朝着松树鸣枪，并且放开嗓门，对着苍天，大声呼喊"呼啦！呼啦！呼啦！"

喝完一批啤酒后，他们马上派人到教堂村酒店老板那里再去取一批啤酒，于是又请所有的人喝——不管是谁，只要敢喝，来了就喝。姑娘们也必须喝——她们只得喝——没有别的办法。她们并不是真正想喝老爷们提供的酒，但是"会计"抓住她们，强迫她们喝——这家伙自己也喝得酩酊大醉，回家时走都走不动了，只得让别人在两边搀扶他。总监在下山时看起来也是摇摇晃晃。那时候已经是日高三尺了。

坐在车站天桥旁的人正在聊天，他们沿着笔直的铁轨放眼远望，一直看到看不见铁轨为止。

他们是属于教堂村里比较严肃的人群。他们在仲夏节夜跟平时一样安安静静地睡觉，跟平时一样一清早就起床。他们穿上皮鞋，把怀表挂在腰带上，朝着铁路踱步而来。他们以前也是常常来这儿，每个礼拜日都来，没有什么别的事儿，就是来这儿看看。

沿着铁路走动的还有一些人，他们一边慢悠悠地走着，一边检查铁轨和铁轨下面的枕木。他们是铁路工人，胡子都刮掉了，只在下巴下留了一小撮须根。

他们知道什么时候哪一根铁轨已经断裂了，必须换新的，哪一根铁轨正在换新的，哪 根还能用多久。瞧，那条铁轨看来已经磨得很厉害了，还能用一阵子，但不能用很久了，也许半年或者半年多一点儿。

"不管它能用还是不能用——必须把它拆掉，打基础的枕木看来都烂掉了。"维勒说。维勒就是去年冬天胡图拉庄园的打水工。

"需要换新的枕木。"旁边另一个工人说。

"看来需要换掉。"第三个工人说。

"官府有的是枕木。"

"用完了教堂村乡绅们会提供新的枕木。"

现在来到了车站站台旁，来自教堂村的乡绅们还坐在那里，垂着双脚，慢腾腾地抽着烟，并且不时地吐唾沫。

"瞧，维勒在那儿背着手踱来踱去，真像个老爷。"

"喂，维勒，别踱来踱去啦。早上好！一切都好吗？"

他们互相握手——坐在站台旁的乡绅和沿着铁轨走过来的铁路工人。

"为什么不能踱来踱去？！这可是我们亲手修的铁路啊！"

"这是官府修的路，但用的是我们提供的筑路材料。"教堂村的乡绅们说。

"你们提供的筑路材料？"

"枕木是我们提供的，如果我们不给官府提供筑路材料，他们能修造这样的路吗？"

"总得向他们提供材料。乡绅们，昨天你们没有去看篝火，是吗？"

"每个人耕完地也该睡觉，对吗？听说昨天老爷们喝酒。"

"他们喝酒，也让别人喝酒。"

"因此他们现在还在睡懒觉呢！"

"他们什么时候没睡懒觉？"

"站长也还躺在床上呢！"

"他也是老爷吗？"

"他大概很愿意当老爷。"

"帽子上有颗星。"

"肩膀上有黄色的肩章，上任后他没干别的就是在玻璃门和玻璃窗前转悠，我们看了觉得很有趣。"

"不过他是个好人。"

"这个人是无可挑剔，他非常尽职。"

"要是他看见你们在铁轨上，他就会把你们赶走。"

"他不会赶走我们，我们有许可证，想去哪里就可以去哪里，但他会把你们赶走。"

"看看他会怎样把我们赶走！"

大伙儿走上站台，并且沿着粗沙石铺成的路慢悠悠地朝着公路口走去。

他们从木栅栏上方看了看邮局女服务员的花圃。他们感到很奇怪，她为什么要种植这些花草，有什么用处？没有什么用处。以前是种大麦和豌豆，以前她整天在农田里辛勤劳作，要是有人稍稍靠在她的栅栏上，她就会很生气地敲她的窗户。要是有人把马系在她的栅栏旁，她就会冲出来，用瑞典语大声喊叫——芬兰人听不懂她叽里咕噜说些什么，即使她不说瑞典语，大家也同样会听不懂。

大伙儿撤退到铁路的拐弯处，然后沿着公路前行。有人用鞋尖把石头踢到沟里。

"看来好像情况紧急，先生们，请大家往前看。"

"这个老头子走得那样急迫，这种情况我可从未见过。"

"他的老婆正在后面追他呢！"

　　马蒂和莉萨正从那里走了过来——马蒂稍微在前，莉萨紧追不舍。马蒂走到人群跟前时已经是上气不接下气。

　　"喂，你急急忙忙要去哪里啊？"维勒问，并且停住了脚步——其他人继续往前走。

　　"我们——呃——来——呃——这儿！"马蒂气喘吁吁地说，"这不是维勒吗？你好！"

　　"是不是要到铁路上来干活？"

　　"不——不是——来——干活——天气太热，走不动了，所以——"

　　"天气的确很热，也许要下雷雨了。"

　　"很可能——下雨——维勒，是不是在那个方向？——我们必须到这儿来——"

　　"你们急急忙忙去车站，是吗？"

　　"到那里还有多远？"

　　"就在那儿，拐角的后面，从这儿就已经看得见了。"

　　莉萨已经赶上他们了。

　　"我对她说过，别瞎忙碌，她就是不听，也不停住，让她累垮吧！"

　　"你不会累垮的！"

　　"你一个人走得那么快，想把我丢下，我得紧追不舍，怎么会有时间把我累垮呢！这个人是不是铁路上的人？告诉我，马蒂！"

　　"你不认识他吗？他是我们教区的人，去年冬天在胡图拉庄园打工。"

"原来是维勒，我匆匆忙忙没有认出来。维勒，你可不可以带着我们参观一下？这儿我们不熟悉，实在没有办法。"

维勒说可以带路。

"不用着急。"马蒂说，尽管他心里很着急。

"不必着急。"维勒说，"火车要到中午 12 点才来"。

"呃——开来的是那个机器吗？"

"是的，是那个机器，这儿我们都叫它火车！"

"我们都很着急，"莉萨气喘吁吁地赶到维勒旁边对他这样说。他们以为来不及了，所以必须加快步伐。那边路旁有许多人，他们是谁啊？是不是喝醉了？看来好像是喝醉了。问问他们，它是不是马上就要开来了，请他们对我们喊一声："它来了！它来了！快跑，否则来不及啦！"我们就赶紧——快，快！——也许会来不及跑，是吗？

马蒂已经平静下来了，但莉萨由于刚才匆忙赶路仍然感到气喘吁吁。

"大概可以看见了吧？"马蒂问。

"瞧，那儿不是那座红房子吗？这座漂亮的房子是干什么用的？"

"这是专门给铁路老爷们使用的，庄稼汉不需要这样的房子。"维勒脸上露出了微笑。莉萨听懂了维勒说的话，还向他眨了一眼。

"你看，这儿像别处一样也必须有一些专门的房子。是啊，我知道，我在牧师府当过女佣，我知道这些东西。不过，难道非要油漆不成吗？不油漆不是也可以吗？瞧，天哪！那儿还有一座更大的房子！"

"走吧，走近看它会显得更大。就在那儿，已经可以看见了。"

"我的天哪！瞧！比牧师府的房子还要漂亮，树林深处盖这样的房子干什么？是不是老爷住在这儿？"

"是老爷住在这儿，是铁路老爷。"

"但是铁路在哪儿呢？"

"你们看到那片空地了吗？看到那些木头杆子了吗？"

"木头杆子是干什么用的？"

"电线从上面穿过——你们看清了吗？"

"瞧，电线真的从上面穿过去了！"

"那块空地是干什么的？"

"你别说，马蒂！瞧，这儿把树都砍掉修了这样一块空地干什么？"

"铁路就从这儿经过。"

"不，不会吧！难道真的从这儿经过？！上帝保佑。这就是——这就是铁路啊！天哪，这东西好像很奇怪。"

莉萨流出了眼泪。

马蒂停住脚步，睁大眼睛望着前方。这么直的一条路，把树砍倒，修出这样一条路来，真不简单啊！要是老盯着它看，你就会感到头晕。维勒叫他走近点儿再看。

"别往前走，"莉萨哀求道，并且赶紧在路旁坐了下来。"等一等——我可不敢光着脚走。"

"让她把鞋穿上，我们走吧。"马蒂对维勒说。

"你们别走，维勒，等我一下。"维勒等着莉萨，莉萨觉得维勒是世界上最好的男人，马蒂无法跟他比——他是这样的一个人，自己一着急就不等别人啦。

莉萨就这样急急忙忙把鞋穿在脚上，弄得额头上都冒出了汗珠。

"快到这儿来，走近点儿再看。"维勒说，他穿过空地把他们带到车站前面。

特别是莉萨，她并不知道他们是怎么被带到这座装有玻璃窗和玻璃门的建筑物前面的。她曾经见过漂亮的房子和教堂，牧师府的建筑物也很漂亮，当时看的时候并不觉得是这样。但这座建筑物却感觉特别奇怪，甚至连膝盖都好像在颤抖似的，为什么呢？

"这是总监住的地方。"

"监工住在这里——住在这所大房子里？"

他们头脑里出现了疑惑，特别是马蒂的头脑里，但他不知道如何表达他的疑惑——维勒也许是别的意思——这儿也许还有别的监工，不会是他吧？

"来这儿，看一看车站的另一面。"

马蒂和莉萨蹑手蹑脚地跟着维勒，绕到车站的另一面——他们俩连随意呼吸都不敢。

那里才是最奇特之处，车站的另一面比前面更漂亮，马蒂和莉萨不知看什么才好。这儿走路就走在地板上，这是地地道道的地板。不过，为什么室外也有地板？窗户有两扇大玻璃。大门更漂亮了，墙上贴着布告，墙上还挂着一口钟，钟舌上有布条。

维勒带着他们越过站台来到站台的另一端，又从那儿走下站台来到铁路旁边。穿过铁路时，马蒂和莉萨碰巧从一个窗户看到黄色的齿轮，还听到那里发出来的轻敲声，窗户上面与天花板交接的地方好像有倒放着的瓷杯，铁丝就从那里穿过，再从一根木杆传到另一根木杆，然后继续一根根传下去。

但维勒叫马蒂和莉萨来看铁路。

两条狭窄的铁轨——横放着的是一块块木头，一块挨着一块，两条同样笔直的铁轨，一直延伸到眼睛看不到为止。沿着轨道往前看真让人头晕眼花。另一头也是同样的空地，渐渐地越来越窄。

"这就是这个东西吗？这就是铁路吗？"莉萨问，声音有点儿颤抖，马蒂用他的眼神表示他也想问这个问题，但他的身子也有点儿颤抖。

"这就是铁路——火车就是沿着铁路行驶的。"

"行驶的是不是机器？"马蒂问，"沿着这些——木头？"

"不是木头，是铁轨。"

"沿着这些铁轨行驶，我不明白，这是怎么搞的？是不是在轮子上行驶？"

"在轮子上。"

"轮子大概都是一样大的还是……"

难道马蒂不知道吗？去年冬天莉萨本来就想告诉他——

"前面的轮子比较大，那是机车车轮，别的轮子比较小。"维勒解释说。

"噢，前面的轮子比较大，对吗？那么它们怎么——怎么在铁轨上行驶？我不懂，它们不会掉下来吗？"

是啊！莉萨也不理解。

"不，不会掉的。"维勒又解释说，"轮子是这样安装的——两面轮子的边都是凹进去的，车轮在铁轨上是不会滑脱的。"

"呃，那就不会吧。"但马蒂还是不太清楚，轮子怎么能不滑脱呢？的确是这样，经过精心安装是不会掉的，他们自己是知道的。马蒂和莉萨用手摸了摸铁轨，的确很光滑。

"现在清楚了，铁路就是这样的。"莉萨说，"马蒂，而你认为沿路的轨道是铁板制成的。"

"我是这样认为的吗？"

"你认为，而且非常肯定地认为是这样——你不记得了吗？那天你坐在客厅的板凳上用刀切烟叶，那时候你说——"

马蒂装着没听见的样子。

"这真是一条笔直的路，它大概有多长？"他问。

"它很长，而且全线都是一样平整。"

"真的是一样平整吗？"

"一样直，一样平，有时候要拐弯，但从来也不爬坡。"

"这一带一定很平稳吧？"

"跟别处一样这儿也有山丘，但铁路是绕过山丘修建的，如果绕不过去，那就开山劈岭，修筑隧道。"

"天哪！真的是这样！"

这个问题马蒂思考了整整一个冬天，但就是没有弄得太清楚。来的路上他一直在想，特别是走到山上时，他就想，那么下坡怎么办？后面的不会撞到前面的身上去吗？现在知道了，既然路线是平整的，那就容易控制了。

莉萨很想试一试，不知道在铁轨上行走会是什么样的感觉。既然像桥那样平整，那么行人也可以在上面走。

"可以在铁路上走吗？"她把一只脚踏在铁轨上。

"谁在上面走，谁就要被罚款。"维勒说。

"我的天哪！"莉萨大吃一惊。

"你看，别走过去，你不能在别的地方走吗？"马蒂带着责备的口气说。

"在上面走会损坏铁路吗？"

"这个我不知道，但禁令是很严格的，外人不准在上面走。"

"你是不是非要在上面走？"

"我只是一只脚踩在上面，维勒不会罚我的，是吗？"莉萨有点儿害怕，万一要付罚款——

"我不管她，但万一总监从窗里看见了，那可怎么办呢？"

"他已经看见了？"

"不大可能，窗前的窗帘看来还没拉开，大概还在睡觉呢。"

"哎哟，把我吓了一跳！"

"万一看见了，那你怎么办？还得交罚金！"马蒂还在责备莉萨。

维勒又走上了站台，马蒂和莉萨紧跟在后面。

走得越近，车站看起来就越漂亮，问得越多，听起来就越奇怪——

屋檐下的电线，那是干什么用的？维勒解释说，电线的一头在卡耶尼，另一头在库奥比奥，字儿沿着电线从一头传输到另一头——字儿沿着电线走！——"是啊，字儿沿着电线传输，什么时候都能听到传输的声音，你走到窗下听的话就能听到轻轻的敲击声，那个房间里现在还传来这样的声音，字儿正沿着电线传输出去哩！"

马蒂和莉萨蹑手蹑脚地来到窗户下面，那时候刚好没有声音，但一会儿轻敲声又响起来了。

"现在又响了，字儿是不是传出去了？"他们悄悄地问维勒。

"现在传出去了。"

马蒂开始咳嗽。

"别出声！你看，怎么咳嗽啦！维勒，他们在打什么字，你懂吗？"莉萨觉得维勒很聪明，应该什么都懂。

"别人不懂，只有那些上过这种学校的人才懂。"维勒解释说，"上过这种学校的人都是特殊人才——这儿就有一个。"

"天哪！不管我听多长时间，我也不可能听懂的——我听到的不过是啄木鸟的笃笃声而已。"

马蒂和莉萨歪着脑袋侧耳细听，一直到再也听不到敲击声为止。

之后维勒把他们带到候车室，让他们从玻璃大门走进去参观。

"瞧，瞧，墙上的钟正在嘀嗒嘀嗒响呢！现在大概几点了？"马蒂和莉萨看不懂。维勒看了看他那盖上带有铁锚图像的怀表，他说他的表跟车站的钟是同一个时间，现在是 8 点——25 分。

"买个表吧，马蒂，你可以买个便宜的！"

马蒂听了大吃一惊，心里想："难道她已经想买表了？"他开始观看贴在门旁和墙上的布告，并且问维勒上面写的是什么东西。

"这是瑞典文。"维勒说。

"噢，瑞典文，因此我看不明白。"

"因此？"莉萨心里想，但没有说出来，"我真因他而感到丢脸！”

“要是用芬兰文写，就能知道写的是什么内容，那有多好啊！”

“不会有什么特别的东西！”维勒说，并在台阶上坐了下来。

“不会有的。”马蒂说，坐在维勒的旁边。

莉萨仍然在向四周张望，又往头上看了看，她细细打量镶着贴面的墙壁和精雕细刻的木柱和屋檐，开放式门廊的房顶就是靠这些木柱支撑的。

她突然发现她头上有一口钟。

这像是一口叫人吃饭时打的钟。大概是这样的钟，不是吗？——不，不会是这样的钟——这是铁路开始启动时打的钟。同时还鸣汽笛，对吗？就像水上行驶时，来和去都要打钟——维勒什么都知道，不管你问他什么问题。

“我想知道这儿有没有这样的钟？”马蒂问。

没有这样的钟——不需要这样的钟，因为每个工人口袋里都有自己的怀表。

马蒂又是一惊，恐怕他又想推销他的表了，于是赶紧改变话题。

“噢，是啊——我说——维勒，你说谁住在这所大房子里来着？”

“我说总监住在这里。”

“他不是一般的监工吧？”

“他是铁路老爷，跟其他老爷一样。”

“真正的老爷？”

“怎么啦？必须是真正的老爷。”

"是啊——是啊——呃，没错——"

"马蒂大概觉得，他就是我们牧师府里以前的监工。"莉萨说。

"我并不认为，这儿不会要这样的人，他说他要到这儿来工作，他大概是在撒谎。我不相信他会到这儿来！"

"他来了，他是这儿的站长。"

"这不是什么特别了不起的工作，对吗？"

"他自己认为这是了不起的工作。"

"啊哈，现在知道了，这是他自己认为的。在牧师府时，他就是这样的一个人——这家伙的工作并不是特别了不起，他以为可以耍弄整个教区的人哩。他的把戏对有些人毫无影响。有一次他也想骗我——实际上他自己也不信，说什么铁路的车厢是用马拉的，跟马拉马车是一样的。说什么马是边跑边吃劈柴——而我当时知道是什么东西拉铁路车厢的，我什么也没说——让他自以为是吧。"

"他有点儿像这样的人。"维勒接受马蒂的说法。

"你看，维勒，当他在牧师府当监工时，他不给马蒂的马吃东西，不叫马蒂去拿干草给马吃，马蒂也不敢问。但我到牧师府去的时候，牧师夫人吩咐把马放在马厩里，给马吃他们家饲草，那时候他们只得这样做。"接着莉萨对着维勒的耳朵轻轻地说，"牧师府的女佣都知道，他在粮仓里时常常把面粉装在自己的粮袋里，然后带出去偷偷卖掉，所有的女佣都这样说。他也可能在这儿做这样的事，所以绝对不能让他单独进入粮面仓库。"

"这儿他是不去粮面仓库的。"维勒笑了笑说。

"噢，这很好，这很好！"

马蒂和维勒坐在台阶上，从马蒂的烟袋里拿出烟草来抽。莉萨可坐不住了——她围绕着车站走来走去。 在烈日照耀下，她静悄悄地走着，双手放在围裙下面，从大门和窗户往里看，当看不见东西时，她就踮起脚，伸长脖子。瞧，窗前摆满了鲜花，那儿墙上挂满了亮晶晶的器皿，比牧师府厨房墙上挂的还要多，牧师府厨房里挂的器皿已经算不少了。这大概是个厨房吧。一个人也看不见，真奇怪，难道女佣们还在睡大觉？现在已经是吃早餐的时候了。

"Ähvä-öö-ärrä-vör-"* 莉萨一边看着红房子大门上的外文字，一边拼读。她是在绕着车站行走时来到这里的。院子这边的房子除了这座红房子外她都已看过，转过好几次了。这大概是瑞典文——"ämmä-ää-ännä-ännä-männä"，她继续拼读。她正要拼出这个字，突然她听到背后有人在沙地上轻快地走着。

来的这个人晃动着脑袋，嘴里哼着歌，向她的长裙上两边的流苏瞥了一眼，又看了一下前面和后面——莉萨觉得她穿得很漂亮——连衣裙，头上裹着红头巾，她大概是大户人家的小姐吧。

莉萨摆出行屈膝礼的姿势，她下了个屈膝礼，说了声早上好。但这个女人没有回应，也没有注意到莉萨，她从旁边走过去，她的食指上好像挂着一样东西，她边走边转动她的食指——这也许是一把钥匙或者别的什么东西。她哼着歌，向她的两边瞥了一眼，她有时还连蹦带跳，好像跳舞似的。

"难道她没看见？是不是太傲慢，假装没看见？"

---

* 根据读音，这是瑞典语 för mann，意思是男厕所。

莉萨走到沙石地的院子的另一端。当她看到女邮差种的花圃时,她就驻足观看。那里种的鲜花真漂亮啊!这些花的名字是什么,她知道一个花的名字:芙蓉红。她家主屋后面也种过这种花,不过一头山羊跳过栅栏把它吃掉了。这种花的种子还是牧师夫人给的,怎么栽植也是牧师夫人教她的。

莉萨走过来把身子靠在花圃的篱笆上,这时有人就急促地在窗户上敲了起来。莉萨不知道这是对着她敲的,仍然靠在篱笆上。突然窗户打开了,一个刺耳的声音开始冲着她喊叫——

"你干什么,臭婆娘!滚,滚开!"

"难道不准待在这儿吗?我站在这儿,你的花圃就受到损害了吗?"

"受到损害了吗?是的,受到损害了!你还问这干什么?还不听话?赶紧走人!我要告诉总监了,你这个婊子,你到底是什么人?快回答!"

"我不是什么臭婆娘,我是一个堂堂正正的女子!"

"滚开,不准碰篱笆,我是最后一次说这个话!"

"我不碰了,站在这儿也不行吗?"

"滚开,臭婊子!你不能不碰篱笆吗?滚开!"

"走就走,怎么啦?"

"噢!你干吗要来这儿呢?"窗户砰的一声关上了。

"这人不知怎么搞的——无缘无故大声喊叫,骂人家臭婆娘!"莉萨觉得心里明显受到了委屈——她不是什么臭婆娘!她是一个老实人的妻子,根本不是什么臭婆娘。难道靠在篱笆上会损坏她的花圃吗?这是无中生有,太气人啦!凭空捏造。

在这期间，维勒和马蒂坐在车站台阶前一边抽烟，一边聊天。当他们看见莉萨走过来时，马蒂就大声喊道："莉萨，快过来！"

莉萨走近他们。

"有什么事儿？"

"刚才我跟维勒商量了一件事，不知你的意见是什么。"

但莉萨心里还想着自己的事。

"这儿的人真怪，其他地方的上流社会不像他们那样，篱笆后面也不准站，你要这样做，他们就大声轰你走，翻越篱笆更甭提了，他们还骂人家臭婆娘。"

"让他们吼叫吧，谁冲着你吼叫啦？"

"是个尖下巴的女人！"

"不管它，听我说，我想坐车玩一玩，你觉得怎么样？"

"我吗？"

"我就想问问你，你想一起去吗？"

"坐车玩一玩？"

"是啊，当铁路机器开到这儿的时候——它很快就要来了——我们就上这趟车，坐一段路。我一生中能坐它一次车，真是好极了，不是吗？你到底走不走？"

"要多少钱？"

"没有多少，"维勒解释说，"你们交一个马克，就可以坐不少时间，从这儿可以坐到下一站。"

"噢，你瞧，一个马克算不了什么——你们就可以对别人说：'我们坐过车子了。'你们这次出门不就是为了这个目的？"

"先看看车子来了没有。"

"车子来了再决定就来不及了，"维勒又解释说，"必须提前决定，提前交钱买票。"

"必须提前交车费？"

"这是这儿的规定，什么时候交钱还不都一样！这样一来，你可以放心，它一定把你们送到目的地。"

"一样，一样。你觉得怎么样，莉萨？"

"如果你想的话，那你就坐一趟车吧。"

"我并不是非要这样做，我是想，如果你想坐的话，那我们就一起坐车玩一玩，如果你不想坐的话，那就——"

"呃，咱们坐车吧。不过什么时候回来？"

"是啊，今晚就可以从那里回来——你们可以沿着铁路走回来。"

"能在铁路上走吗？"

"在林子里还会有人轰你们走吗？！就在上面走好了，路很好走，根本不会迷路。"

马蒂和莉萨很满意地微笑了一下，维勒真会开玩笑——不会迷路？呃，当然不会！

"坐火车回来也可以，但是要等几个钟头。"维勒说。

不过，马蒂和莉萨完全可以走回来。去的时候坐火车就可以了，用不着来回都坐火车。

于是马蒂和莉萨决定坐一趟火车。马蒂马上从钱包里拿出一个马克，把它交给了维勒，让他去替他们付车费。维勒说现在还不着急，总监还在睡觉呢，车费是他收的。

他会及时起床吗？他到时候就会收钱吗？马蒂和莉萨有点儿

担忧——不过，对他们来说，这样的等待还是蛮有意思的。

"坐火车会是一种什么样的感觉？它大概开得非常快，结果就看不见前面的东西。它大概也会突然发脾气——只要看着别人怎么做，我也会这样做。"

维勒也许知道，因为他坐过火车好多次了。维勒的确是个好人，他带他们到处参观，替他们出谋划策。在这样人生地不熟的地方，要是没有碰到维勒，他们必定会陷入困境，这趟出门也就一事无成——一事无成。

快到中午，窗户前的窗帘慢慢地升起来了。房门也开始活动起来，有人从屋里走了出来，他们还在打哈欠，都是些老爷和其他人。

瞧，这个人戴着一顶很漂亮的帽子——哦，他可是总监啊！戴的是平顶便帽，跟帽舌一样都是平的。瞧，所有铁路工作人员都戴这样的帽子！维勒什么都知道，他会帮我们出主意。这帮人看起来都很傲慢，这家伙从旁边走过时连看都不看。

马蒂和维勒在房子周围溜达，并跟刚才那些工人和教堂村的乡绅们汇聚在一起，他们在公路上走了一会儿后，现在已经转回来了，并且迎面又走来了一批前往车站的人。

莉萨走进总监的厨房，准备吃她带来的干粮，天气很热，黄油拿在手里就化了。她在厨房里又碰见了在外面曾经打过招呼的女人，还有另外一些人。她怀疑这个女人是否真的是大户人家的小姐，因为她看见她在炉子里点火。莉萨在门口再次向她说了声早上好，但这次她也没有回应。她眯着眼睛看了一眼，然后问莉萨有什么事儿。莉萨说没有什么事儿，她只是在等车所以走进来了。这个女人回答说："到候车室去，这儿不是等车的地方。"

"我不去候车室，我可以在厨房里待着。"莉萨很客气地说。

这个女人一听就当着她的面笑了起来，厨房里所有的人也跟着笑了起来，莉萨不明白他们为什么笑，但他们也许是在嘲笑她，莉萨便从厨房里退了出来。她根本无法理解这边的这些人——有的张口吼叫，有的哈哈大笑，他们都很傲慢，她知道其他地方的老爷并不是这样的。

马车开始走进院子里，有的是双轮马车，有的是四轮马车。突然一辆带有车厢的马车沿着铁路疾驰而来——听说是朝廷官员的马车，里面坐的是一名高官和他的夫人。

"你为什么不跟着我而一个人走？"马蒂对着莉萨的耳朵气冲冲地说。

显然，当马蒂自己跟男人们一起散步时，他是不会允许莉萨跟着他的。但是莉萨这儿一个熟人也没有，碰到的人又都怒气冲冲，她能去哪里呢？那个官方马车的驭手突然对她喊道："走开，老太婆！"莉萨没有别的办法，只得远远地站着，看着来往的马车。

红色大房子前面已经聚集了不少人。莉萨走了过去，她想看一看他们干吗站在那里。男人们也朝着那里走了过去——他们现在是跟着我走，而不是我跟着他们走！莉萨心里想。

"在这座大房了里，旅客的货物、大木箱和旅行箱等正在过秤。"维勒说。

马蒂推开大门，站在门旁看了一眼正在过秤的那个人。他觉得这个人很脸熟，他仔细看了一下，嗨，这不是监工吗！他戴的帽子的式样跟总监完全一样，虽然没有总监的帽子那样漂亮——

他正忙着干活儿，又是过秤，又是搬运，还要用笔写下来。他很少说话，也不抬头看一眼站在门口的人。尽管马蒂等待机会想跟他打个招呼，他不时地拿着纸片儿向主楼走去，在这种情况下，前面的人群就会给他让道，但就在这个时候，他仍然是谁也不看。马蒂心想，当他从主楼回来时，马蒂就直接站到他的前面，这样他一定会看见的。可是这次马蒂也没有成功。监工是不是不认识他了？还是他装着没有看见的样子？

称完货物后，监工便把货物搬到手推车上，穿过大门推了出去。他使劲地推呀推，根本不朝旁边看，就是有人被撞倒了他也不管。马蒂就是差点儿被撞倒了，就是在这样的情况下，监工也没有注意到他。马蒂觉得监工成不了大人物。

"火车快要来了。"维勒说。对马蒂和莉萨来说，这句话表示迫在眉睫。

"天哪！哦，是不是马上就到？"

"还有半个小时，现在该交车费啦。"

"车费——呃——噢，车费多少钱？"

"一个马克。"

"哦，一个马克，怎么样？我们走不走，莉萨？"

"我不知道，时间紧迫，坐车要一个马克，走还是不走，可我不知道。"

"咱们走吧，只得试一试啰！"

"维勒不跟我们一起走吗？"

"我不走，你们单独活动不会有问题的。"

"好，咱们走吧，既然来到了这里，咱们就坐车观光一下吧。"

马蒂从口袋里拿出一个马克，把它交给了维勒，维勒就去买车票了。

马蒂和莉萨心想，现在没有别的办法，只得马上上火车了。他们觉得这是他们生活中的一件大事，这样的事将来也许不会再发生了，就这一次，这件事就要发生了，一想到这里，他们的心跳就加快，说话的声音也颤抖。

七

突然出发时间到了，他们还不知道怎么回事呢。马蒂和莉萨站着，他们等维勒把车票给他们。头上的钟已经当当地响了，莉萨一听钟声吓了一跳，她从来也没有这样惊吓过。当她恢复过来后，她看到正是监工在打钟。

这个时候响起了尖厉的汽笛声，众人大声喊叫："火车来了！火车来了！"火车沿着铁路开过来了，一边鸣汽笛一边缓慢地驶进了车站，汽笛声刺痛了莉萨的心，把她吓得差点儿摔倒。火车随着拖来了一排房子，房子是装在轮子上的，房子里有玻璃窗，房子是一间挨着一间，火车本身是金闪闪的，使人眼花缭乱。顿时站台上便挤满了从车上下来的人。

这时，维勒从屋里出来了，他几乎是跑着出来的。他一把抓住扶手就登上了火车。他把黄色的车票交给了马蒂和莉萨，并且告诉他们，检票时他们就应出示车票——说完后，把他们俩留在车厢里，他就回头走了。

就在此时，火车开始启动了——现在他们是在火车上，火车快速地行驶着。

"马蒂，过来坐下，不然要摔倒的，这儿有座位，坐在我的旁边！"莉萨哆哆嗦嗦地说，用手把座位紧紧抓住，而且越抓越紧。

"这儿——不会——摔倒的。"马蒂说，不过他还是走到座位旁坐了下来，双手紧紧抓住座位的边缘。

马蒂和莉萨不清楚自己是怎么走进火车车厢的，特别是莉萨。

"现在我们可在车厢里啦！"

这会儿它动起来了，整座房子——门和窗，还有地板，老天爷，千万别散架啊！

他们现在已经在车厢里了，火车也已经启动了。莉萨坐在座位上，双手紧紧抓住扶手。马蒂站在座位中间，他的手也紧紧抓住扶手。

火车越开越快，朝窗外看时，树林和田野便在眼前一闪而过。火车不时地鸣汽笛，这真使人毛骨悚然。偶尔还放出白色烟雾，飞速地在窗前掠过。

马蒂和莉萨面对面坐着，你看我，我看你，谁也不说话，双手都紧紧抓住了座位。他们俩都感到，他们就好像坐在一匹受惊了的马拉着的马车里，马的嘴里没有缰绳，朝着山下撒开四蹄飞奔。莉萨曾经在激流中冲过浪，但也没有像这次这样刺激——莉萨不敢从窗户往外看，马蒂也只是偶尔往外看一眼。

然而，马蒂和莉萨两人尽量表现得不让对方看出自己是害怕了。

"我们这儿没有什么问题。"莉萨竭力向马蒂保证。

"这儿别人没有问题，我们会有问题吗？"

"这儿还有别人吗？"

莉萨坐的位置是背对着车厢的其他部分，不像马蒂，她看不见别的人。

"好像还有别的人。"

听到车厢里还有其他人，莉萨心里就松了口气。

"是不是很多？"

"你不能自己看吗？你把头转过去都不敢吗？"

莉萨敢这样做——把手松开，转过头看了一眼——看来手不抓也很稳。

"那儿是个什么人？"

"哪里？"

"那儿，脸上有胡子的那个人，他现在正看着我们。"

"不要用手指指着他！我不知道。"

"马蒂，你用不着用手抓住座位。你瞧，手不抓也稳得很。"

"我用手抓住座位并不是为了这个原因。"

"那为了什么？"

"不是为了这个原因。"

马蒂仍然抓住不放，过了一会儿他才把手松开——他不想马上松手，这样莉萨就不会认为他是因为害怕摔倒而抓住座位的。

列车长走过来检票。他穿着一身漂亮的制服：银色的纽扣，头上有帽徽，身边还挂着一个皮套子——里面放的是什么？莉萨很想知道，但她又不敢问，因为这个人看起来像个大人物。

"您是船长，是吗？"她还是问了一下。

"我是列车长。"

"船长在哪里？"

"列车长就是船长，他们是一样的——你的车票？"

"马蒂，给他，车票在你那里，不是吗？"

马蒂从口袋里拿出车票，列车长把它们放在他的皮套子里。

"要收走吗？"

"收走。"

"这儿不会发生什么危险，对吗？"

"什么危险？"

"万一翻车——或者——从奶牛身上压过——因为开得太快了。"

列车长哈哈一笑，接着就走了。

"铁路上这些老爷个个都很傲慢。"莉萨对马蒂说，"即使你规规矩矩地问他们，他们也不回答。"

"这不是傲慢——你问什么奶牛干什么？"

"这是牧师夫人说的！"

"牧师夫人当然比我们知道得清楚。"

莉萨让马蒂知道——她或许也知道。这儿大概不会有生命危险，因为列车长在哈哈大笑呢。

他的笑声大大地减轻了马蒂和莉萨的恐惧感。

他们开始把车厢浏览了一下，先看了看墙壁、天花板和座位，然后比较像样地向窗外张望。

列车开得很快。茂密的树林闪电般地掠过，电线杆一根接着一根飞也似的往后倒。当火车驰过田野或者草场或者湖泊时，还没来得及好好看一看，火车就已经进入了下一片树林。

"即使是最棒的骏马也无法跟这个东西相比。"马蒂心里想。不过是什么东西拉动它的？马蒂无法知道。

马蒂朝窗户再靠近一些。窗户是开着的——要是把头伸到窗外，不是就可以看见前头是什么东西在拉动它了吗？

但是马蒂不敢把头伸出去。他竭力贴着墙往窗外看。

"别把头伸出去。"莉萨警告说，"维勒警告过我们，难道你忘记了？"

马蒂就是要把头伸出去，否则莉萨会认为他不敢这样做呢。可是风差点儿把他头上的帽子吹掉，马蒂把头缩回来时，他的脸被窗框刮了一下。

"什么也没看见，开得太快，什么也看不清楚。"

"现在你明白了吧！差点儿你的帽子都丢了。"莉萨说，但马蒂却什么也不说，他只是无声地坐着。

这时候，一个胡子拉碴的人突然溜到了马蒂和莉萨的座位旁，他直接面对他们两人，一会儿看看马蒂，一会儿看看莉萨，眼睛和嘴角盈满了笑意，但他并没有笑出声来。

莉萨觉得这家伙看起来不太正常。胡子在嘴角边很奇怪地翘动。他身上穿着一件宽大的旧夹克衫，夹克衫有好几个大口袋。从一只撕破了的口袋角上露出了一个斜放着的酒瓶。

这个家伙一句话不说就开始嘻嘻地笑了起来，他同时窥视着他们两人，一会儿看马蒂，一会儿看莉萨。

但马蒂和莉萨起先装着没有看见他的样子。

"老爷和太太去哪儿啊？"过了一会儿他问道。

一听到他称呼他们"老爷和太太"，马蒂和莉萨的心就被软化了，他们看了他一眼说：

"我们不是老爷，也不是太太。"

"什么？你们不是——嘻，嘻，嘻！——我当然认得出来，谁是老爷，谁是太太！"

"您真的认得出来吗？我们这会儿只是出来走走。"

"噢，只是出来走走，是吗？呃，只是出来走走——嘻，嘻！哈，哈！只是出来走走——大概是出游吧！"

"您大概想出来玩得更高兴吧！"莉萨说。

这个人向马蒂眨了眨眼，并且用肘推了他一下。

"是啊，玩得更高兴，不是吗？——嘻！——嘻！——嘻嘻！太太觉得我玩得更高兴，老爷是什么意思？"

这家伙那种美滋滋的笑声使莉萨也笑了起来。他注意到这一点，于是笑得更加厉害，随着就从口袋里拿出酒瓶。

"这是给老爷准备的，太太知道这里面是什么东西吗？嘻嘻！呵呵！哈哈！"

这家伙跟莉萨说话，同时对马蒂使眼色。

"怎么能知道呢？瓶里是什么东西，光看人的模样怎么能知道呢？"

"看不出来吗？真的看不出来吗？太太说话带刺儿，从我的外表看不出，老爷，您就喝吧，给太太看看。"

他把酒瓶递给马蒂，但马蒂碰也不碰。

"老爷在太太面前不敢喝酒，是吗？"

马蒂这次喝酒了，但只喝了一小口。

"老爷不敢像男子汉那样大口喝酒。"

马蒂喝了一大口——他一边喝，一边侧着酒瓶窥视莉萨。莉萨看起来有点儿伤心，但并不像马蒂想象的那样厉害。

"你是从哪里来的？"马蒂问陌生人。

"我来自五湖四海——我来自五湖四海！"

"你是一个浪迹天涯的人。"

"哦，一个浪迹天涯的人，没错——嘻嘻！呵呵！嘻嘻！"

"你这次去哪里？"

"到处漂泊，居无定所，夏天的时候去哪里都行。"

"你大概是个流动工匠吧？"

"我是个流动工匠。夏天的时候我到处流浪。嘻嘻！哈哈！让咱们喝酒吧。"

"还继续喝？"马蒂又喝了几口，但他不敢朝莉萨看。

"你是皮匠还是裁缝的工匠？"

"钟表匠。老爷有没有怀表？我会修表！"

马蒂假装没有听见，向窗外张望，嘴里说"火车开得真快啊！"马蒂觉得火车越开越快啦。

"开得真快啊，火车开过时的飕飕声一直在我的耳朵里作响。"

"嘻——嘻——嘻！"工匠笑了起来，"耳朵里飕飕地响！噢，还喝吗？"

"不许再喝啦，马蒂！"莉萨严厉地说。

"为快速的火车干杯！"流浪汉说。

"为——快速的——火车——干杯。"马蒂每说一个字就喝一口酒。

"哈路伊！火车鸣笛啦！哈路伊！火车开呀开！"

马蒂站起身来，他的帽子已经歪斜了。

"坐下，马蒂，你听见没有？啊呀，太不像话啦！你已经喝醉了！"

"住嘴，莉萨！我没有醉，来酒！火车已经停了？"

"火车停了，现在该下车了，我们是在这儿下车，不是吗？"

"老爷往前再坐一站吧！"

"闭嘴，你这个混蛋！是你把他灌醉的。马蒂，快走吧，你看，别人都已经准备下车了！"

"既然已经在火车上了，为什么不多坐一站呢？我们现在还有时间，不是吗？"

"现在没有时间啦！"

"让火车开吧！啊哈！火车已经鸣笛了。"

"老天爷啊！"

火车又启动了，越开越快，一会儿就全速行驶。

莉萨坐着不动，一会儿嘀嘀咕咕地发牢骚，一会儿又冲着马蒂和流浪汉咒骂。

但是流浪汉只是不停地嘻嘻哈哈，马蒂为火车快速行驶而欢呼。流浪汉觉得他从未碰到过像马蒂这样有趣的人。

"哈！哈！哈！让皇上带着骏马来跟火车比赛吧！嘎！嘎！嘎！放开四蹄飞奔吧！喂，我的牝马！莉萨啊，难道这样做不好玩儿吗？"

"老天爷啊！"

"难道太太毫不在乎吗？让老爷骑着马痛痛快快地玩儿吧！"

"闭嘴，你这个大坏蛋！啊呀，啊呀，啊呀！"

"别发牢骚，莉萨，别发牢骚，这会儿皇上的骏马正拉着你飞跑呢！马儿，马儿，马儿！"

"轻点儿，马蒂，别人都在看你呢！"

"让他们看吧，让他们看吧！太好了！"

"他们都在笑你呢。"

"他们在笑我吗？"

"坐下，别大声嚷嚷！"

马蒂坐了下来，用手捂住脸，列车长走过来查票。

"不是已经给您了吗？！"

"那是上一站的票，现在要新的车票。"

"你们为什么上一站不下车？"

"哦，天哪！我们本来是应该下车的，可是我没有办法对付这个人。"

"他是不是喝醉了？"

"不，他没有喝醉，他从来也没有喝醉过，他现在也没有醉。也许是有点儿不舒服，火车开得实在太快了，弄得他头晕眼花，他就是不离开座位。"

"速度太快，弄得他头晕眼花——嘻，嘻，嘻！心脏病发作！"

"什么心脏病发作！胡说八道，你这个无耻的家伙！"

"不许骂人！"

"我不骂人，我不骂人，是你把他灌醉的，又不让他安静，啊呀，我的天哪！"

"不管怎么样，你们必须买票。"

"多少钱？"

"两个马克——这是双倍的钱。"

"一个马克不行吗？我没有钱。谁骗他喝酒，谁就该按规定交这个钱。马蒂，把钱包给我，你听见没有？"

马蒂并没有听见，他把脑袋枕在手上睡着了。莉萨还是找到了钱包，并且把钱交了。

"我的老天爷！这下我们可倒霉啦！"

就在这个时候，火车鸣笛了，并且又停了下来。在列车长和流浪汉的帮助下，莉萨把马蒂扶出了车厢。流浪汉嘻嘻哈哈地笑，莉萨嘀嘀咕咕地抱怨，列车长大声地咒骂。

"您可不要骂他啦，先生，他平时不是这样的，今天不知道怎么啦。这个可怜虫，他好多年没有喝酒了，这次怎么能顶得住啊？"莉萨哀求列车长。

列车长把他们送到车下后自己就上了车，火车接着又开动了。莉萨把马蒂挪到旁边的屋檐下，然后打了马蒂一记耳光，同时自己也哭了起来。

这一下马蒂就清醒过来了，他居然还能问："这是什么？"然后他又问："我——我们现在在哪儿？"

"我们会在哪儿呢？周围一点儿都不熟悉，真不知道这是什么地方。"莉萨又哭了起来。

对他们来说，这里的地形非常陌生——一片平原，周围没有树木，森林也只在远处依稀可见。

"我想睡觉，我该到哪里去睡呢，你能告诉我吗？"马蒂含糊不清地说。

"现在这种情况下，我能让你到哪里去睡觉呢！你要睡，就睡在这儿，脑袋下放一块劈柴，你就睡在劈柴垛旁边吧。"

马蒂就在劈柴垛旁躺了下来，而且很快就睡着了。

莉萨就坐在离树墩不远的地方。

莉萨现在才真正开始感到难过。

"哎哟，到那儿去干什么啊！"刚一离开家她就考虑了很长时间，当马蒂准备把她抛弃时——然后一路上，炎热的阳光下，一定要绕过教堂。现在这一切就是对我们的惩罚，而且并不是无中生有。火车开得这样快，她想呀想。马蒂还准备喝酒时，她已经估计到这下要完蛋了。瞧，现在他像头死猪昏睡在劈柴垛旁，不知道醒来后他还能不能继续赶路，他还知道不知道回家！我的老天爷啊！

八

已经到下午了，马蒂和莉萨沿着铁路走呀走——现在他们朝着来的地方往回走时是非常缓慢，而刚刚来的时候却是风驰电掣般的快速。

马蒂走在前头，莉萨跟在后头，但她紧追不舍。

他们互相一句话也不说。马蒂什么也不想说，而莉萨是不敢说。莉萨还真想找碴儿，她内心里那种吵架的欲望虽然还在刺激着她，但她不敢把它发泄出来。

马蒂醒过来后莉萨就开始跟他吵嘴，吵了一会儿就骂起来了。不过马蒂真正醒过来后就马上叫她闭嘴，第一次和第二次他说得比较客气，声音也比较低，但到了第三次马蒂就厉声地说："住嘴，老太婆，否则你就没有好下场！"莉萨只得停止吵架，尽管她这样做是很勉强的。

马蒂醒过来后，他看了看四周，发现这一带他根本不熟悉，他心中也是一丝阳光都没有。发生了什么事，他记不清了，他也不想问莉萨。

马蒂想一个人回忆刚才发生的事。他背着桦皮筐，一声不吭地沿着铁路从一块枕木跨到另一块枕木。他慢慢地想起了一点儿，但不是全部。

"你的钱包在我这儿。"莉萨说，但她心里想："如果他要拿回他的钱包，我会对他说：'我要不要给你我还拿不准，因为你也许还没有控制你的钱包的能力。'"

但是马蒂并不想拿回他的钱包。他继续往前走，好像没有听见似的。"真丢脸！"莉萨心里想。

"这次出游的最后一站白白花掉了两个马克——本来应该马上离开那里，如果到了目的地就往回走的话，那么这个钱就不会浪费了。"但是她这样说也是对牛弹琴，毫无影响。

他们就这样一声不吭地沿着笔直的铁路往前行走，这的确非常乏味儿，他们俩都觉得太没有意思啦——连互相说话都不想说。

老天爷看来要下雨了。重重叠叠的黑云吞没了太阳，中午时分还传来了隆隆的雷声。但雷声不久就消失了，接着东风骤起，随之带来了雨珠。

莉萨往后看了好几次，但马蒂一次都没有往后看过。回头往后看时，根本看不见刚才离开时的那些地方，而他们前面除了笔直的、越来越窄的开阔地外没有任何别的东西。

突然，他们俩都回过头看，他们的耳朵好像听到了汽笛声——

他们往后看得真及时——他们急急忙忙跳到路旁，一个在路的这一边，一个在路的另一边——否则他们就会被火车碾过。

火车驶了过来，经过他们身边时气冲冲地鸣了一声汽笛，并且从他们中间呼啸而过。顿时一股冷气扑面而来，令人毛骨悚然。

"瞧，火车现在开走了，而我们却在这儿。"马蒂和莉萨心里想，"要是没有错的话，我们付两个马克就可以坐上火车，就用不着走路了，还能留下点儿钱。"但是这些想法他们俩谁也没有向对方谈过。

火车一驶过就开始下雨了，这是从东边过来的，看来一时不会停，要连续下好几天。莉萨把裙子拉起来挂在两只耳朵上，马蒂把外套的领子竖了起来。

幸亏路仍然是干的，否则就糟糕了。他们俩都知道这一点，要是是从家里往外走，那早就应该转身往回走了，而现在既然是往家走，那就必须走下去了——他们什么时候可以回到自己的家呢？

他们绝不会再出门了，不管是什么怪物，他们也不会再出来看了——不出来了，即使并排出现两件这样的东西，而且全世界的人都赶着去看，他们也不会再出来看了。

雨越下越大了，而且是冰凉冰凉的。天空越来越低，天气越来越灰蒙蒙的，天色开始阴暗。

现在他们真的认识到了，像铁路这样的东西并不是为他们建造的——他们真傻，他们真幼稚，他们干吗要到这儿来呢？要是他们不坐火车，只是参观一下，那么他们就已经回到家了。可是现在呢？不知什么时候可以到家？阴暗的树林里，铁路的两旁，雨，滴滴答答地下着。风刮得很厉害，雨点滴落在衣服的褶皱上流了下来，甚至把外套都湿透了，雨水从帽檐往下流到马蒂的眼睛里，透过湿漉漉的长裙滴落在莉萨的脖子上。

他们浑身湿透了，鞋子、裤腿和裙褶全都沾满了泥巴。这算是什么旅游——他们自己也不清楚。他们迷失了方向，在沼泽地和荒山野岭里跋涉。马蒂沿着一条林间小路朝着某个目标走着，他以为这是条快捷方式，结果却迷了路，莉萨问也不问只是跟着走。马蒂走了不远就发现这条路消失了。莉萨对此什么也没有说，她只是默不作声地跟着走。她心里想："让马蒂带着我走吧，他想把我带到哪里，就带到哪里吧。"

最终他们还是通过问别人找到了公路，在存放雪橇的地方，他们离开公路踏上了通往他们家小屋的道路。

上周那只喜鹊又从原来的松树林飞到了路旁，在这两个浑身湿透的行人面前开始不停地跳跃，从路旁的一棵树跳到另一棵树。

"它就是原来的那只鸟。"莉萨心里想，"要是那时猜出了它喳喳叫是什么意思，现在这一切就不会发生了。"

不过，莉萨对马蒂什么也不说，她只是暗自这样想想而已。

在回家的最后一段路上走时，他们发现他们的脚开始打滑——脚上沾满了黏土，脚一滑就留下了长长的脚印，好多次差点儿摔倒，不过并没有摔倒。

地里的裸麦已经倒伏了，篱笆旁的牧草地，有些地方也倒伏了。被雨淋湿的那部分篱笆已经被雨水泡黑了，房子的外墙和窗棵也是如此。

当他们走进主屋的门廊时，雨水正从天花板上流下来，地板上已经积了一大摊水。

主屋的屋顶并没有漏水。留守人一直在用炉子，所以它还是干燥的。

留守人见到他们后就问这问那，但在得不到回答后她也就不再问了。

换上干衣服后，马蒂和莉萨并不像其他旅游回来的人那样认为"这下可开阔了眼界"。相反，他们认为"这些东西不是为我们修建的，铁路就是其中之一"。

他们关于铁路的事闭口不谈——他们之间不谈，跟别人也不谈。如果有人偶然提及此事，他们就立即转移话题，沉默片刻后就开始谈别的事。当他们听到别人在谈铁路时，他们便马上退出现场，或者如果他们觉得要谈铁路时，他们根本就不参加讨论。

回家后的第二天早晨，当他们起床后向窗外看时，他们发现东方已经是碧空万里，晴朗的天气已经来临。

"天气没有受到影响，老天爷还是把晴天给了我们，这样我们就可以开始收割牧草了。"

马蒂是这样想的，莉萨也是这样想的，不过他们彼此仍然什么都不说。

当莉萨来到牛棚挤牛奶时，她听到马蒂正在地埂边噌噌地磨镰刀。

"他要用镰刀收割牧草了，我也得马上去。"

莉萨突然感到心情很舒畅，一边挤奶，一边泪水湿润着她的眼睛。

　　早晨，云开雾散，金色的天空格外明亮。在庭院里，阳光开始照耀在露珠闪烁的青草地上，被雨水浸泡的木墙随之散发出一股暖融融的水气。

　　马蒂已经把镰刀磨好了。他一边走一边挥舞着镰刀，镰刀前面的牧草就唰唰地倒了下来。

　　莉萨先挤奶，然后把牛奶过滤到奶桶里，并且在猫咪的小盘里倒满了牛奶。

海尔曼老爷

一

现在家里一切都乱了套，因为老爷要出门了。他的情绪又很不好，到处嚷个不停，怒气冲冲地骂他的太太、马夫和女仆，他们惊慌失措，按照他的命令，跑来跑去，结果反而互相碍事。

"为什么我的刮脸水这么烫？我必须等好几个钟头，让它凉下来，才能把下巴浸进去。为什么？嘿，这水是谁烧的？人都到哪儿去了？"他大声吼叫，把每块墙上的窗户都震得咯咯作响。

老爷在自己的房间里刮胡子，他以为太太就在隔壁房间里，但是，没人回答，他就像着了魔似的冲了出去，要到里头那间屋子去找她。他还没有迈出门槛，太太已经从厨房急匆匆地跑了过来。

"这水为什么这么烫？你们要像褪猪那样烫我吗？你们这是什么意思？"他压住了怒火，嗓门儿没有刚才那么大。

"那是安妮搞的，我马上就去。"太太结结巴巴地说，赶紧回到厨房去取冷水。

"安妮，你为什么把老爷的刮脸水烧得那么烫？不是跟你说过好多次了吗？"

"恐怕它并不比以往的烫。"

"即使不比以往的烫，"太太慌里慌张地说，"那你还是赶紧去取冷水来——快把老爷的毛皮大衣从门厅里拿来，放在客厅的火炉前面烘烘热。"

然后夫人亲自拿着冷水罐，跑回老爷的房间，准备把冷水倒在脸盆里。

"你——你要干什么？"

"我要往里头加点儿冷水。"

"是啊，然后你就让它冷得皮肤都起鸡皮疙瘩。我们这儿可不是每天都要出门办事的啊！但每次要出门，总是乱成这个样儿。你们这伙人全像是疯了似的！把水罐放在脸盆架上！你整天拿在手里干什么？你本来应该一开始就自己去取，不是吗？"

"我刚才在储藏室里，我告诉过安妮——"

"我跟你说过几百遍，她不会准备刮脸水，你不能让她去干，但你还是让她去干！"

"我本来也是不想让她去干，可是我听说你要去教堂村，所以我想让你带点吃的东西给教堂司事夫人作节礼，还她亲手给我织袜子的那份情。"

"我没有时间给你们带东西——让她自己来取。"

"可是她自己没有马……"

"那她只好推着雪橇来取！好好，把水倒在盆里！行啦！毛巾呢？"

"这儿，在我的手里。"

"给我！你关照他们备马了没有？"

"还没有，我这就去吩咐。"

太太急忙跑去通知他们。她要一直走到马厩才能找到马夫。这个可怜的人啊，她着急得很，生怕找不到他。她溜着肩膀，伛着身子，迈着不稳的步子，气喘吁吁地穿过庭院走到马厩，又从马厩走了回来。

"她是多么丑的老糊涂呀！"老爷站在窗前看着她，低声地说道。

他开始刮胡子，但仍然是气呼呼的。他紧咬着牙关吼道：

"为了去见他们那群老爷，还得刮胡子！最好是不刮，就这样去见他们！穿着睡衣和拖鞋去！多么有意思啊！他们坐在那里，给别人的财产估税！这些家伙都是穷光蛋，但他们知道如何剥别人的皮！哼，咱们倒要瞧瞧谁是这里的主人！"

事情是这样：估税委员会正在教区委员会大厅里开会，鉴定所有的人应该缴纳的税款额。这位老爷现在就是要到那里去一趟，为的是照顾一下自己的利益，因为他听说……

"喂！"他突然大叫一声，震得从天花板上掉下一大块石灰。他刚要站起身来，太太又匆匆忙忙跑了进来。

"你们都聋啦？叫普基宁到这儿来，他不是坐在客厅里吗？"

"他大概在那里，我去叫他。"

一会儿，普基宁穿过前门走进了老爷的房间。

"你听我说。他们说了些什么？不许撒谎！"

"我不撒谎——这完全是真的，我亲耳听见他们说的。我在门厅里，我清清楚楚地记得他们在房间里说了些什么。"

"好，好，他们都说了些什么？把你听到的一字不差地告诉我！"

"我没能每个字都记住，我也没完全听到，不过他们的意思好像是……"

"是谁这样说的？"

"他们都这样说。"

"警长呢？"

"他大概也是这样，但我没有听得很清楚。"

"你听见了，你明明听见了，只不过不愿意说出来罢了。你真是个大笨蛋！"

"我向您保证，情况真是那样。"

"他们是不是说应该重重地估海尔曼老爷的税？"

"是的，他们是这样说的。"

"有没有别的？说呀，他有钱，应该剥他一层皮。"

"是的，6000 马克的收入至少要抽税……他们就是这样威胁您。"

老爷的眼睛像一条疯狗的眼睛那样，对着镜子闪闪发光。

"什么，6000！我要给那帮强盗一些颜色看看！我要让他们知道，就是卖地卖房，我也要……喂，来人啊！喂！"

女仆"嗖"地一下冲进屋来，就好像是被人踢进来似的。

"我喊你，你为什么不能快点儿进来？把刮脸水拿走，端洗脸水来！太太自个儿为什么不来？"

"她不在这儿。"

"她在哪儿？"

"她在客厅火炉前烘老爷的毛皮大衣呢。"

"6000！这太卑鄙无耻了！这简直是夏洛克*的行径！哼，难道我一个人就得缴整个教区的税款吗？呃？"

"有些人好像还觉得应该把您的收入估到10000马克呢。"

"啊——啊？"

"噢，如果您在木材生意上赚了一大笔钱的话——您瞧，他们把什么事儿都注意到了——人家做生意他们管得着吗？"

普基宁觉得他在说这些话的时候，老爷很可能掐他的脖子，甚至把他抽个稀巴烂。因此，在说出10000这个数字之前，他拿起手套，紧紧抓住门上的钥匙。

可是老爷连骂都没骂。他只是脸色变得苍白些，额头上的血管膨胀得发青，鼻孔好像要飞掉似的张大着，嘴巴痉挛地抽搐了两三下。

此时女仆把洗脸水端进来了。

"马套好了吗？"

"大概还没有呢——奥利问您要不要他来赶马。"

"我什么时候自己赶过马车——当然让他来！告诉他把铃铛系在辕杆上，带好马嚼子和马具，堂堂正正地拉到院子里来！这儿不用低三下四！你也来，普基宁！"

---

* 夏洛克：英国戏剧作家莎士比亚经典作品《威尼斯商人》里的人物形象，高利贷资本家代表，为人刻毒、贪婪，后人用"夏洛克"比喻贪得无厌、狠毒无情的放债者。

"好！"

太太拿来了他的毛皮大衣。老爷把背转向她，披上了大衣，连声"谢谢"都没说，两手忙着找腰带，他的太太替他找着了。

"让我在后面给你系上好吗？"

"滚开！"

连声"再见"也没说，老爷拿了马鞭就往院子里走，那根鞭子总是挂在前厅墙上，随时待命。当房门砰的一声关上后，太太感到她可以真正松口气了。幸好这次他的怒气没有冲她发泄，可是太太很了解她的丈夫，她预计这种事不出多久就会发生的。她很害怕，但她仍然走到窗户前从窗帘后面偷着往外瞧。马站立在台阶前，按照老爷的要求，毛毯已经放好，马夫拿着缰绳，等老爷一坐好就交给他。可是他在坐上雪橇之前，仔细检查了一下马具，看看铃铛有没有在辕杆上系好，试试缰绳系得紧不紧。样样都安排得那么好，简直挑不出任何毛病。太太已经在想，他这次总可以安然无事地上路，不至于大发雷霆了吧。

"唉，那匹小马，我只希望他不要揍它——吾主保佑我们吧——啊呀，他使劲抽它啦！"

老爷坐上雪橇时，马起步稍微早了一些，因为缰绳绷得太紧，它就往后退了几步，接着挨了几下鞭子后它才开始往前走。但是缰绳仍然绷得很紧，鞭子又不断地抽下来，它就先抬起两只前腿，蹦跶几下，然后撒开四蹄，飞也似的冲了出去，"砰"的一声，雪橇撞在门柱上了。

于是马给解了下来，拉向马厩。

"天哪，这下完了！它又要挨揍啦！"太太叹息道，急忙跑到厨房的门廊里去。女仆已经站在那儿观望，个个神情紧张，然而每次遇到这样的情况，她们还是喜欢跑出来看老爷是怎样管教马儿的。

马夫站在马厩门口不知所措，当老爷把马从马厩里牵出来时，他差点儿也挨打了。

"你像一条狗夹着尾巴那样站在这儿干什么？把雪橇拉过来，要不然你也尝尝这根马鞭的皮头儿！"老爷吼道。

夫人和女仆们，一霎间都从门廊前消失得无影无踪。

马儿一动不动地站着，让人给它套上雪橇。

"普基宁，跳到摇杆上来！"老爷在门口喊道。普基宁一直站在那儿，一边等着，一边装着烟斗。"要是你会的话，你就来赶赶看！"老爷冲着始终坐在驭手座位上的马夫嚷道，接着把缰绳交给了他。

二

估税委员们坐在教区委员会大厅里的议事室里，在给当地人们的财产估价。桌子正好在后窗的前面，人们隔窗可以看到这个教区宽广的田地及后面的教堂。委员会主席坐在桌子的一端，正在核验户籍册。他过去曾经是后备军上尉，现在是个农场主，鼻梁上架着一副眼镜，嘴里叼着一支笔。他的对面坐的是警长，他是以瑞典国王代表的身份出席这次会议。他背靠着墙，右胳膊肘儿倚在桌子上，手里拿着烟斗，因为在这样亲密的朋友当中，即使是在官方的大厅里开会，吸烟也是不禁止的。为了这个工作而当选的委员们，他们靠墙坐着，分散在房间各个角落。有的在抽烟，有的低着头弯着腰坐着，有的不时地朝两条腿中间啐唾沫。还有一些人连这些事也不干，只是坐在那儿时而朝窗外的院子里张望，那里有一群人正在鼓噪不休。另外有一位，为了舒服起见，竟然爬到教堂司事的高床上坐着去了。他越使劲往下坐，床单下面的床垫和脏枕头就暴露得越多。

"现在咱们来看看胡卡宁，"主席一边翻册页，一边说道，"去年给他估250马克，今年是不是还估这个数？"

"就估这个数。"一个委员说道，头也没抬，继续朝两只大腿中间啐唾沫。

"下一个是卡尔纳湖区的参议员——五号——他本人来了没有？"

"大概来了。"

"去年给他估500。"

"今年还是这个数。"

"行。"

"同一地区的佃农贝赫科宁——"

"他来了，我刚看见他乘雪橇来的。"不断朝窗外张望的人说道。

"系在篱笆旁的那匹母马不是他的吗？"坐在床上的人伸着脖子说道。

"桥梁总监，去叫他进来！"

"桥梁总监也许已经出去了，"警长说，"让另外一个人去叫贝赫科宁进来吧。"

一个委员说他去叫贝赫科宁进来。

"贝赫科宁估计自己今年应纳税的收入是多少？"贝赫科宁走进来跟大家握手时，主席问道。"去年是100……"

"我的收入不该估那么多——这回能不能免一次税？"这个佃农一边说，一边摸了摸后脑勺。

但是警长和许多委员马上表示反对。

"你要免税？你免了税，那谁该上税呢？你呀，哼，你不是还有钱放债吗？"

"放债，真是的！我真想知道上哪里去借这样的钱呢。"

"贝赫科宁，得了吧，这事大家都知道。"一个委员说。

"就是估300马克也一点儿都不多。"警长说。

"300！不行，我的好老爷！"

"好吧，300也许太多了，咱们就估200，这样也许公平合理些。"主席建议道。"大家同意吗？"

"一致同意——大家都同意。"

"这实在太多了。"贝赫科宁一边往外走，一边抱怨道。

"现在，"主席笑了笑说，把眼镜推到额头上，"现在轮到海尔曼先生啦！"

"现在已经轮到他了？"

"是啊。该给他估多少？"他加重语气地问道，"正如今天早晨谈到的那样，没有人确切知道这家伙到底有多阔。"

"反正咱们心里很清楚，"警长一边说，一边走到火炉前面去磕他的烟斗灰，"即使把他估得比谁都高，那也一点儿都不会嫌多的。"

"不过咱们还得仔细估算一下，不要出一点儿差错。"主席一边点烟斗一边说。

接着，估税会议好像停顿了片刻，这事儿就只得搁置一会儿。实际上并没有完全离题。海尔曼老爷的财产究竟有多少，特别是他的财产是怎样搞到手的，大家对这方面都议论纷纷。他刚从波的尼亚迁到这里来时就已经相当阔了，并且买了霍维曼破落了的家业，这些事儿大家一开始就都知道了。后来他又娶了一个自己家乡的女子，据说她也带来了几个钱，他用那笔钱买了地，办起了农场。然而，几年后他的老婆就得肺病死了——"他是这样一个粗暴、恶毒的人，我真想知道有谁在他的手里能够不死。"

"好，就这样吧。我想咱们这方面已经谈得够多啦！"主席说，适度地提醒那位说出这些话来的委员。

"嗯，好吧！不是我一定要说，而是大家提到这些事儿。"

"他不是贩马还赚了些钱吗？"主席问，好像要撤销他刚才的那种提醒。

"对，他赚了，但他赚得最多的还是贩卖麦子。好年头的时候，他低价收进，年成不好，他就比他所付出的代价高好几倍抛出。"

"他还那样弹着手指头吹嘘呢！他说：'我在那上面小小地赚了一笔钱！'哼，他每一桶就赚了十多个马克。"

"他能捞多少就捞多少，连自己的佃户都不放过。谁租他的地，都无法坚持下去。就在一两年里他的佃户阿博为了付他的地租，不得不贱价变卖了自己的马匹、奶牛和所有别的东西，还得给他服工役。"

"是不是那个看到要霜冻，怎样苦苦哀求都没让他收割自己麦子的人？"

"是的，就是那个可怜的阿博胡土宁。这家伙现在是农庄的雇工，他的家人到处流浪，乞讨。"

"海尔曼老爷就是这样富起来的。"

"是呀，而且他还吝啬得要命，听说他给自己家里人吃的小青鱼都要事先数一数，而且它们还是酸臭的，至于说黄油，他家里压根儿就没听说过。"

就在此时，从外面传来雪橇铃铛发出的丁零当啷的响声。可以看到窗外有一个人乘着雪橇飞快地驶过。

"哼，那要不是那个家伙才怪呢！"坐在窗旁的一个人喊道，其他人都跑过去往外瞧。连主席都伸了一下脑袋，但他没有像那位坐在床上的绅士那样离开自己的座位。这个家伙把一半床单都带到了地上，等看够了之后才把它捡起来。

"嗨，他来了！"

"他把马赶得浑身都湿透了。"

"他还带了马夫。"

"先生们，请大家回到自己的座位上去，咱们要继续讨论啦。"上尉突然打着官腔说道。"既然当事人亲自出场，我们对他该上税的财产又缺少正确的数据，我想不妨把他叫进来，让他可以有机会——如果他愿意的话——向委员会陈述一下他的收入情况。桥梁总监，你去请海尔曼先生进来。"

但海尔曼没有等到人来叫就披着大衣撞了进来，几乎把门都给顶翻了。

"你们好啊！"他短短地说了一声，带有威胁的口气。主席在首席座位上僵硬地点了点头，忙乱地翻着文件。别的委员们动也没动一下。海尔曼老爷解开大衣的腰带，怒气冲冲地把每个人打量了一番。

"虽然没人邀请我，但我要出席这个会。"他低声地嘟囔着说，在火炉前面的一个空椅上坐了下来。没有一个人说话，除了主席翻文件的窸窸窣窣声外，没有其他的声音。翻过一阵之后，主席终于开了腔：

"我们刚才是谈到卡尔纳湖村的贝赫科宁，他该纳税的收入是 200 马克。"

"对，是这样。"

"200 太少了，"海尔曼说，"这家伙应该多缴点税，我知道光是现钱，他的收入就高达 400 马克！"

"让我提醒您一下，这件事已经做出决定，而且这里只有委员会委员才有发言权。"

"啊哈！啊哈！"

海尔曼有点儿窘，但他瞪大眼睛向四周张望，想竭力掩盖自己的窘迫。他尽量鄙夷不屑地歪扭着嘴巴，来回咀嚼嘴里含着的一块嚼烟。他不时地摩挲自己的茂密的黑胡子。

主席又不声不响地翻查文件，翻了那么久，弄得海尔曼实在耐不住了。

"这样翻查文件到底有没有个完？"他问道。

主席终于很平静地抬起了眼睛。

"卡尔纳湖第六号农场的产业主，A·海尔曼先生。"

"啊哈！好不容易，终于找到了！"

"去年估定税额时，根据他自己的估计，他该纳税的收入是1000马克。"

"没错。"

"由于当事人现在在场——"

"对，我是在场。"

"我代表估税委员会冒昧地请问，海尔曼先生给自己今年的收入估个什么数呢？"

"跟去年一样，尽管我实际上并没有得到那么多！"一片不约而同、轻蔑的"呸"声，从警长和委员嘴里发了出来。

"什么？"海尔曼叱喝道，很明显血液已经涌上他的头部。

"主席先生，"警官说，"我要提醒大家，这个数目太小了，我不同意。"

"什么？太小了！"海尔曼老爷急急忙忙停止嚼烟，把它吐到离自己很远的地方。

"人人都知道，这个数估得过低了。每个委员都会这样说。"

"过低了。"大家对主席这个声明一致加以肯定。

"你们怎么知道？听着，鲁特伯，你怎么会知道我的财路？难道你数过我的钱？"

"我没有数过，但我知道——也许不能精确到比马克小的便士，但我知道你有多少钱！你做木材生意的确是远近闻名，还有你继承的产业和做麦子买卖。大家不用数你的钱就知道你有多少钱了，每个人，特别是你从他们那儿买来树林再转让给别人的那些人。你在我们面前吹嘘过——在我和许多人面前，最近一次你对我说你大赚了一笔。”

"我什么时候在你面前吹嘘过？别撒谎，我从来也没有跟人吹嘘过！"

"你吹嘘过。就算你没有吧，大家只要看一看你所经营的房地产和所有的企业就明白了。"

"什么？难道因为我盖房子办企业就得抽税吗？因为那样就得抽税吗？呃？"

"从这些方面就能看出你的财产有多少，不是吗？再说你还有资金和继承的产业。"

"你是说，如果我开垦自己的土地，把钱投资在地里，就得抽我的税，是这样吗？"

"去年冬天你从那笔康卡加斯木材生意上就赚了 10000 马克，这笔钱大概还没有投资在地里吧？"

"如果还没有投资在地里……"

"别假装聪明，尤图宁，那是我自己的事！你虽然是个估税委员，但你并不比别人聪明。"

"请不要进行人身攻击！"主席严厉地提醒道。"我们只想问一下海尔曼先生，您自己估计今年收入有多少。"

"就是我刚才说的那个数。"

"对不起，请您先出去一会儿。如果您想知道委员会的决定，您待会儿可以再进来。"

"我所要说的是，如果你们过高估我的税——"

"不会过高的。"主席笑着说。海尔曼走出去的时候，听到屋里又爆发出一阵令人恼火的笑声。

作为对这种笑声的回答，他使劲地把门一甩，结果窗户都给震得咯咯作响。屋里发生的事只能使他更加气愤罢了。

"屋里那些人是什么东西？"他冲着在外面大厅里等候的人们大声喊道。"谁给他们权力坐在那儿算计别人的钱？谁？有人知道是谁吗？谁？"

"不是教区议会选出他们来的吗？"

"猫儿选出了他们！他们全是大浑蛋，每个都是王室的穷耗子。这种家伙搞委员会的工作，真够呛！这帮人是一文不名的强盗！"

"他们干吗不选您呢，老爷？"

"啊？闭上你的嘴，行不行？你在这儿搭什么碴儿！"

"嘿嘿！"

"我没冲你说话，你也用不着跟我说话。闭上你的嘴！记住！"

"我一定——"

"他们要过高地抽您的税吗？"人群中另一个人问道。

"这跟你有什么关系？"

"哦，是啊，跟我有什么关系呢？！"

"奥利，快点套好马！"老爷站在台阶上冲着马夫吼道，"你还没有学会套马吗？吁——吁——吁！你干吗跳来跳去？你以为要干什么？吁——吁——吁！"老爷凶狠地瞪着马儿，因此它除了不由自主地颤抖外并没有其他动作。它把脖子向墙壁挤蹭着，同时用一副战战兢兢的眼光注视着主人的动作，哪怕是很小的动作它也不能疏忽。

"别动，别动！你别再那样啦！"他说，然后他转身冲着人群嚷道，"你们站在那儿瞧什么，笨蛋？你们以前从来没有见过教训马吗？滚开！"

人们朝后退了几步，这时候桥梁总监又请他进屋。

他的怒火还没有消退一半。他的嘴角歪扭得很厉害，眉毛上挂着一抹阴影，脖梗上的头发在帽子下面直挺挺地冒了出来。

"好，你们这些先生们有什么要说的？"他走进来，又开腿站在屋子中间嚷道。

主席心平气和地说道："委员会从可靠的管道得知，卡尔纳湖第六号农场的产业主，A·海尔曼先生去年做各种买卖和投机生意——这一点他跟委员会一样都很清楚——增加了那么多收入，因此他的税款额应当合理地大大提高。所以委员会考虑到有责任把他该缴税的财产估到 7000 马克。"

"他妈的，这是胡说！"

"由此，每个有关的当事人——"

"简直是撒旦的谎言！你们这些人全是大混蛋，拦路抢劫的强盗，世界上最坏的土匪。我要说的是，如果你们头脑还是正常的话，那么——可是你们对我都怀有仇恨和忌妒！你一向恨我，这是你的勾当，鲁特伯，这是你的勾当。你要报复，因为你没有借到钱！不过我想知道，你是个什么东西！要不然，让我告诉你，好不好？你是个酒鬼、奸夫……"

"主席先生，我请求……"

"哪个是主席？他凭什么比别人配作主席？他坐在那里翻他的文件，但是一点儿也不知道里面写的是什么。你呀，根本不比别人强！每年冬天，你那几头母牛都要患赤痢死去，而我的母牛却不死！我真想知道你从牛奶场里得到了什么？你哪个方面比别人强？你十足是个官方的雇佣、乡巴佬、寄生虫、退休的上尉、可怜虫，你……"

"如果你不住嘴，马上出去的话，我就叫委员会的人抓住你的脖子把你扔出去！" *

"要是你会说芬兰语，就请说芬兰语，别含糊其辞！让别人也听听，让外面的乡巴佬也听听你在说什么！把我扔出去！来，试试看吧！我至少可以把这样一个委员会打垮！只要你们动一下，就这样，你们这伙人就全都飞出窗外，掉到你们马儿的前面！你们管自己叫作什么，呢？你们自己说还是我来说？把门打开，让其他人都听听！你们全都是这个教区最大的流氓、公子哥儿、马屁精、穷耗子、叫花子、贪图别人财产的人——猪猡！你们从来没有见过什么真正的财富，连听都没有听说过，直到听说我有了这么点东西，你们才茅塞顿开。我的确有财富！我的财富比你们知道的还要多！只是7000，这算得了什么？！既然我亲自参加这个估税会，让我按这个数缴税我还感到惭愧呢——我真的感到惭愧！你们干脆给我的财产估作一万吧，或者十万，要不然二十万，随你们的便！主席先生，如果你懂的话，就记在你的本子上吧。坐在你的位子上，在你的本子里7000旁边再写上这个数。如果你愿意的话，还可以收下我这副手套，把它当掉换点钱，怎么样？"

"警察，把门关上！"

---

* 这是瑞典语。

"让门开着！这儿不应该关着门讨论！我一穿好大衣，马上就会走！我那块嚼烟还留在这儿呢！噢，它在那儿，还沾在墙上呢！警长，就在你耳朵旁边的墙上。把它摘下来，塞在你的嘴巴里吧。塞在你嘴里，它的味道很甜美呢！各位委员也可以带点儿烟渣回去抽抽。对，你们也可以把这个加在你们的档里：他有两管长烟杆也得抽税！呃？"

"把他轰出去！"

"啊哈，啊哈！我要是不愿意走的话，你们就是轰也轰不走我。不过我打算走了。我这次也没有什么话要说啦，下次我再多说点儿！再见！"

他趾高气扬地从敞开的大门冲了出去。他一边走一边把聚在前厅的人推向两旁。

"把马拉到这边来！"他双手捂着屁股站在前厅的台阶上，冲着马夫喊道："把马拉到台阶这边来！一个有 7000 马克财产的纳税人，不应该像叫花子似的离开这儿！"

他很松弛地跳上雪橇，使得后面的座位嘎吱嘎吱直响。

"跳到摇杆上来，普基宁！走，奥利！"

马儿撒腿飞奔起来。

"再见，各位委员！"海尔曼一边离开教区委员会大厅，一边大声地向委员们喊道，这当儿，委员们出于好奇都站在窗户旁往外张望。"再见，各位委员！"他喊道，摘下帽子，一个劲儿在他身后挥舞着，在空中画了个半圆，忽上忽下，时而高高在空中，时而又拖在地上。

直到看不清教区会议大厅之后，他才把自己的便帽扣在头上，在雪橇上舒舒服服地坐好。

他的脸上焕发着无限满足的光彩，在他没有大声发笑的时候，他的嘴角一直挂着开朗的笑意。

"啊哈，啊哈！"他高兴地说，"他们尝到我的厉害了！喂，普基宁，你听见我怎样嘲笑他们了吗？"

普基宁站在雪橇的细窄的摇杆上，一会儿站在这一根上，一会儿又站在另一根上，马儿在飞奔的时候，要保持平衡是很难的。

"什么？你听见没有？来，坐到雪橇这一边来！我嘲笑他们时，你肯定听见了，对吗？"

"噢，我当然听见了——您的确骂了他们一顿。"

"是啊，没错！"

"我要是处在警长的位置上，就应该让自己少丢点脸儿。"

"你有没有注意到他们的表情，呃？"

"警长摆出一副苦脸，就像个馊馒头。"

"你是说我朝他耳朵后头唾那口嚼烟的时候吗？"

"对，就是那时候。"

海尔曼想起了当时的情景，特别是他所说的那些话语。他一再咯咯发笑，不停地向普基宁发出问题。

"哈，哈，哈！他们也有被我臭骂的一天！哈，哈，哈！我痛斥了他们一顿，不是吗？我就是要让他们知道自己到底是哪路货色！他们是活该！他们有没有从地板上捡起我那副手套？你看见他们捡了吗？"

"我没看见。"

"我可以肯定他们捡了，相信我，他们真那样做啦。警长是不是把那块嚼烟塞在嘴里了？你看见了吗？"

"他真的塞在嘴里了吗？"

"嚼烟？他塞在嘴里了！他肯定塞在嘴里了！眼下他正在拼命地咂摸它呢。哈，哈，哈！"

一路上他翻来覆去地讲这件事，别的什么都不谈。他对这件事发出的笑声好像是毫无止境的。

进了院子后他没有立刻进屋，而是看着马夫卸下马具，还轻轻拍了拍马儿。

"奥利，给马吃点儿燕麦，让它尽量吃。"他走开时对马夫说道。在门廊前他还招呼那个正在把雪橇拉进车房去的普基宁。

"进来喝一杯，普基宁！我们喝点儿酒庆祝一番，来吧！"

"我先把雪橇拖到车房里去。"

"不用忙着管那个，让它去吧，奥利有时间时会把它拖走的。"

然而普基宁还是把雪橇拖进了车房，接着他又到马厩里转了转。

"这场乱子能不招他们向巡回法庭控告就马马虎虎过去吗？"马夫问道。

"不，不可能，那些老爷除非神经不正常才这样就算啦。"

"不过一条狗不会踩另一条狗的尾巴。"

"尽管如此，他们还是会——"

"事情会很糟糕？"

"在公开场合污蔑官方委员会要罚款 100 马克，也可能 1000 马克——如果走点运的话，没准儿还得坐牢呢。"

"嘘！"马夫吹了个口哨。

三

这位委员驾着雪橇来到院子里,他好像不怎么特别着急。他把马拴在大门前的柱子上,从雪橇里掏出一把干草掷在马前面,把马衣铺在它的背上,随后开始慢条斯理地穿过院子。这种情况引起了海尔曼老爷的怀疑,他局促不安地在屋里走来走去,时不时停在窗前,朝外瞧一眼。

他是个高大健壮的人,瘦脸膛,带着一副沉静的表情。老爷想猜出他来访的目的,但他怎么想也想不出来。

"请坐。"老爷只得很勉强地说道,因为估税委员只是停在门口站着,没有表明他的来意。

"我已经坐得够久了。"委员说,但他还是坐了下来。

海尔曼觉得还应该敬他烟,尽管一种不祥之兆越来越咬啮着他的肺腑。普基宁是老爷唯一的知心朋友,现在也到了现场。他很清楚海尔曼心里在折腾什么,他当然知道估税委员来访的目的,并且用一种狡黠的目光观望着他们两人的一举一动。

"今天天气挺不错——不太暖和,但也不特别冷。"估税委员点着烟斗,悠闲自在地抽起来之后,就开始说话。他温文尔雅地小口抽着烟,仔细察看着他的烟斗,并且一个劲儿地用脚尖拍打地板。

"冬天有这样的天气还是算挺好的。"普基宁发表自己的意见说。

"估税委员先生是从家里来的吗?"老爷问道。

"噢，我一大早就出门了。"

"你有不少传票要发下去，对吗？"普基宁问道。

"嗯，有几件这类的事儿。"

女仆端来了咖啡壶和两个杯子，一个给普基宁，另一个给老爷。

"端给估税委员吧！"

估税委员呷着咖啡，老爷不得不开口问道：

"估税委员先生是不是有什么事要找我？"

"噢，是的，先生，我有点事要找你。"

"普基宁，你出去一下，让估税委员好告诉……"

"他用不着出去，外人也可以听一听。"

这时，海尔曼已经十分明白是来传他了。

"你是不是给我送传票来了？"他结结巴巴地说。

估税委员喝尽了茶碟里最后一滴咖啡，把杯子放在上面，又把小匙从膝盖上放回茶碟里。然后他把整副茶具放到桌子上，拿起靠在椅子旁的长烟杆，小心地点着它。他抽了几口后才说道：

"是的，给你送来了一张传票。"

"为了什么？呃？谁出的主意？是因为欠了债吗？我欠谁的钱啦？"

"并不是为了欠债。"

估税委员站起身来，把烟杆搁回书架上的原处，用一种很稳重的官方口吻说：

"不是因为欠债，而是因为你上星期四在教区委员会大厅里侮辱了别人的人格。斯托汉姆上尉代表估税委员会传你下星期一出庭。"

"是的！没错！哈哈！为了这事儿！嘿嘿！"海尔曼老爷变得十分慌乱。他刚看到估税委员时，心中就惴惴不安，但他不相信自己那种不祥的推测。现在这可像晴天霹雳一般落在他的身上了。估税委员那副自负而尊严的样子使他没敢破口大骂出来。

"侮辱人格？噢，真是的！我在什么地方侮辱过他？"

"那些叫我传你出庭的人当然知道这件事儿。"

"难道他们随便一传我就出庭吗？"

"那就随你的便。"

"谁叫你来传我的？"

"上尉叫我办这件事。"

"告诉他我不打算去，他甭以为我会出庭。你叫他们把这件传案从法官的记录本上勾掉，这是枉费心机！这简直是枉费心机！"

老爷摇摇晃晃地在地板上走来走去，一副惴惴不安的样子，他始终认为他是不会出庭的，他们这样做是枉费心机的。

"我该走啦。"估税委员一边说，一边握手告辞。

估税委员关上大门时，海尔曼好像要跟他走过去似的，但他改变了主意，回身转向普基宁。

"喂，普基宁，你认为会发生什么事吗？"

"我不懂法律。很可能出事吧。"

"你去问问估税委员的看法——快去，免得他走掉。他已经在解马了。别做出好像我派你去问他的样子，假装这是你自己想问问他的。"

普基宁跟估税委员交谈了起来，估税委员站在那里，手里拿着从马背上卸下来的马衣，准备放回到雪橇上去，这时候海尔曼突然注意到桌子上那几只空咖啡杯子。他一见之下就火冒三丈，急急忙忙地穿过大厅冲到了餐厅的门旁，对着厨房里的女仆大声嚷道：

"你没有把杯子收掉，这究竟是怎么回事？让它们放在那儿不去收拾，你这是什么意思？为什么不回答？你这个婊子！"

"啊呀，吾主保佑！没来收拾是因为……"

"你还敢跟我顶嘴！你要是再敢张口，我就马上辞掉你！快点去收拾！"

老爷站在门口，叫她赶紧去把杯子收掉。这个女孩子哽咽着急忙朝杯盏走去，海尔曼紧跟在她的身后。女孩子一直有这样一种可怕的感觉：她走到桌前取杯子，这时候他会用手抓住她的头发。

可是这当儿普基宁进来了，女仆就一溜烟逃走了。

"哦，他怎么说？"

"他说这事儿恐怕要罚 100 马克，说不定还要坐牢。"

"啊？不，不可能这样！你别撒谎！他什么都不了解，他撒谎，他只想吓唬吓唬我。"

"一个估税委员不可能不了解这些事吧！"

"他并不比别人知道得更清楚。这种事儿最多也不过罚 50 马克罢了。坐牢？我不相信这个，我一点儿也不相信！"

然而他心里却不得不相信，两只眼睛越来越闪现出惶恐不安的神情。普基宁准备要走了。

"喂，普基宁，你先别走——他说要罚多少钱？"

"他说对正在开会的委员进行侮辱，要罚 100 马克，但听说也可能高达 1000 马克，有时候光出钱还不行。"

海尔曼的头发全都乱了，嘴巴抽搐着，好像就要"哇"的一声哭出来似的。

"100 马克到 1000 马克的罚金！ 1000 马克的罚金，也许还要坐牢，但也许他们只想用他们的传票吓唬吓唬我罢了。你觉得他们真的是认真的吗？呃？"

"我正是这样问估税委员的，而他说他们是认真的。"

"噢，他们是认真的。他们确实是认真的。他们是不会放过这样的事的。他们都是一群豺狼，他们这伙人全是流氓！"

"估税委员认为，要是付给他们点什么，他们可能考虑庭外讲和。"

"要是付给点什么？"

"否则他们不会——"

"不会——当然——否则他们不会——？他们不会草草了事的，我了解他们，他们一旦抓住一个人的把柄，他们必定抓牢不放。他们是一群名副其实的豺狼！"

"要是用钱就能解决问题，那也不错啊！"

"否则就坐牢？"

"这要看法庭怎样看待这件事儿，谁也无法事先知道。"

"他们确实会这样看问题，他们是不会发什么慈悲的，他们都跟我有仇，他们就是这样的一帮讼棍！唉，唉！多么不幸啊，多么不幸啊！"他叹息道。

海尔曼撕扯着头发，大声叫着，穿堂过室，走遍了每个房间。普基宁好几次做出要走的样子，但海尔曼就是不让他走。

"你这样忙着要到哪儿去？你哪儿都不用忙着去，多待会儿，别走！你坐下来好不好？"

"您最好还是去跟他们讲和，不是吗？"

"是的，这样做当然是最好，这样做当然是最好！去，普基宁，吩咐他们备马。叫他们马上备马！唉，我真倒霉啊！"

全家人，特别是那位女仆，见到老爷十分沉静而驯服地站在门口等待出发，都感到诧异。既没有往常那种吼叫和恫吓，也没有往常那种诅咒和臭骂。老爷就像个老头儿那样蹒跚地走着；坐上雪橇的时候，就像个病人似的哼哼唧唧。

"把缰绳递给我！"他用一种乞怜，近乎低声下气的口吻对马夫说，接着就无精打采地赶马上路了。

"他现在就像一条刚从水里爬起来的落水狗！"马夫目送他的主人离开时，对普基宁说。

老爷赶着马走啊走啊，感到自己真是世界上最不幸的人。别人恨他，迫害他。他们串通一气跟他作对。只要有一个人开个头控告他，所有其他的人都会跟着这样做。要想这样对付一个人总能找到各种理由。要是有人玩弄阴谋，买通律师，那么即使是好人也得吃苦头。

他赶着马往下来到了冰面上，风好像从天而降似的疾吹，掀起了一阵阵雨夹雪。冻雨朝他的脸和耳朵不断刮来，随着风呼啦啦地斜刮，先冻僵了他的右肩和整个右半身，然后冷气沁入他的左半身，慢慢地把他的全身都冻麻木了。

冻雨弄湿了他的大衣领子，水珠从那儿滴到他的脖子上，然后流到他的胸脯上。他冻得直打哆嗦，好像全身的关节都要散架似的。

这个家伙那颗内疚的良心，趁着他抑郁不安，无能为力的时候，开始翻腾不定，好像从地下往上钻出来似的。它渐渐地张开裂缝，显露出他过去生活中几件见不得人的事；许多束之高阁，最终彻底遗忘的往事好像从裂缝那儿冲着他露齿干笑。他内心感到十分痛苦，竭力想强迫裂缝合拢起来，但是他越想那样做，裂缝就裂得越大。于是，他只得装作视而不见，听而不闻。不过他心里确实知道有人想吓唬吓唬他，但这样做从他身上是捞不到太多的好处的！

然而威胁是没有用的，那些腐烂的地方说什么也不肯合拢起来。此时，他的懦弱占了上风，使得他的灵魂发颤起来；冷风刮得越厉害，冰雹把他的脸打得越痛，灵魂就颤抖得越快。他相信报复之神已经做好了一切准备，并且开始向他进攻了，这种想法越来越揪紧他的心头。正是报复之神使他头脑不清，使他在教区委员会大厅里乱吼乱叫，以致让敌人抓住了把柄。报复之神是狡猾而乖巧的，它趁人一不留神就用脚把人绊倒，让你栽跟头。

这时，他的灵魂开始本能地搜寻某种武器，以便驱走报复之神，抵御它的袭击。他苦苦搜寻了半天，但是什么也找不到，最后他终于从自己记忆的角落里找到了一件好事，足以充当他的武器。现在他既然已经把它抓到手了，他就紧握不放。他把它像个稻草人似的到处挥舞。那就是有一次他路过这条大道时，让一个年老的女乞丐搭上他的雪橇，使她免于冻死。当时那个老妇带着她的孩子正沿着这条积雪的大道跟跟跄跄地走着，要是他没有救助她，让她搭上雪橇，给她盖上毛毯，她很快就会冻死在那里。不仅如此，他还让出位子，自己坐到驭手的座位上，尽管天冷得要命，又刮着大风。他就这样赶着马回到家，那个女人又得到了些东西吃，差不多受到两个星期的照顾。那个孩子有时还得到甜饼干吃，女人还得到咖啡喝哩。何况她母子俩又不是这个教区的穷人，而是从老远的波赫尼亚湾附近某地来的，她告诉了老爷一些家乡的新闻。她又是一个很好的搓背工，她给老爷和宅里所有的人搓背。不管怎样，好事总是好事，当然他在自己的佃户当中是不愁找不到搓背工的。

想到了这件事，他便开始恢复了自信。那些在他心中张开着的裂缝好像也合拢了一些。这当儿，他已经越过冰冻的湖面。那匹一直在雪堆里默默地挣扎着向前走的马突然拖着雪橇，飞也似的奔上堤岸，系在辕杆上的铃铛就丁零当啷地响了起来，老爷那种抑郁的心情就随之消失了。

"嗨！"他喊道，用缰绳抽打马儿，让它跑得更快些。他一个人坐在那儿抑郁地思索着自己的罪孽，真太可笑了！难道他比别人坏吗？

海尔曼老爷临近上尉的府邸，雪橇咔嚓咔嚓地进入庭院时，他心中刚才还张开着的裂缝全都合拢了，他良心的表层就好像是一座焊接得非常紧密的桥梁，上面既看不到裂缝，也见不到接缝。它是一个坚硬而光滑的平面。

四

在海尔曼赶着马进入庭院之前不久，警长已经先一步来访上尉了。

"瞧，他在那儿！要不是那条狼才怪呢！"他们俩看到海尔曼赶着马进庭院时喊道。

"他肯定是来讲和的——我们按刚刚商谈过的那样做，趁此开他个玩笑！"

那一定是个绝妙透顶的玩笑，因为他们俩说完后都窃笑起来。

"嘘！他已经走进门廊。注意，别露声色！我在这儿听着。"

警长刚刚溜进隔壁房间，海尔曼便进来了。

他理直气壮地走了进来，把便帽和手套往椅子上一扔。

"您好！"他按他的习惯那样傲气地说。

上尉已经匆忙地坐好在桌前，把眼镜架在鼻梁上，假装在阅读什么档案。看来他是听见有人进来了，但待了一段时间后他才抬起头来，从眼镜上方凝视着来访的人。

"您好。"他既冷淡又缓慢地回答道，同时装出有点儿诧异的样子，身子一动也没动。

海尔曼本来想摆出好像一切照旧的样子，但是他受到的接待却使他立即失去他在路上正在恢复的那种自信。然而他还想保持它，便走向前去握手。虽然上尉握手时很不带劲儿，但海尔曼还是受到了鼓励，没等人让就在沙发上坐了下来。同时他的眼睛开始怯生生地朝屋子里东张西望，把屋顶和四面的墙都看到了，因为上尉没有开口说话。上尉依然坐在原地，把头转向一边，目的是掩盖他内心那种难以压抑的高兴劲儿。

"有什么事要我为你效劳吗，老兄？"他终于很严肃地问。

"不错，是的！就是那件遗憾的事——别想它了。算了吧！咱们别再提它——咱们都是同一教区的居民，干吗为这些小事互相控告呢？"

他竭力扮着笑脸，用一只手满不在乎地挥着，好像要把那整件事抹掉似的。

"老兄，你承认那是件遗憾的事，这很好。尤其是对我们来说——那的确是件遗憾的事。"

"是啊，是啊！别在这件事上纠缠，太无聊了！我们还是讲和吧！"

"啊！原来你想讲和！嘿！老兄原来愿意和解！嘿！当然，当然！我很高兴听见你这样说。"

"对。我们把它闹到法院去，又有什么好处呢？何况这只是一件微不足道的事儿。一件诉讼，除了让人瞎说瞎猜外，又有什么别的好处？让它就这样算了好不好？我想我们可以认为这事儿已经算解决了，是吗？"

上尉依然把头扭向一边坐在那儿，但是他时不时地斜眼朝门缝那儿瞧瞧，警长的一只眼睛正在那儿眨巴着。

"咳！"他又随便地咳了一声。"老兄，你知道那种行为在法律上要受到什么样的处罚吗？"

"不，我不知道，可是我想，不会很重的，一件微不足道的事儿嘛。"

"那要看你怎么解释啦。也许你愿意我把那些有关这种事情的法律条文给你看看吧——请过来自己念吧！"

上尉早已把法典翻开到有关的地方，他把它放在桌子角上。海尔曼走过来，站在桌前，但他还是请上尉念。

"因为我忘记戴眼镜了。"他借口说。

"关于诬告和其他侮辱人格的犯罪行为的敕章，1866 年 11 月 26 日钦定。"上尉一边念一边用手指划过条文。

"'第七条：任何人故意对另一公民的人格进行侮辱，或者用口头、手势、书面形式传播或让人传播，企图动摇他人在公务或官职上行使职权的威信——'这真是你所犯的——"

"好，好，可是下面怎么说呢？"

"'或者诬告他人犯罪，以及其他类似的行为，使他人遭到公众的蔑视，均应判处为期两月至两年的劳役，或一月至一年的监禁，或 50 至 1000 马克的罚金。'"

"啊哈！嘿！很好！不过，这项法律现在有效吗？"

"刚被批准。你自己看看。"

"嗯，嗯——好像是的——"

"这是一段很精确的条文。"

"不过最低的罚金是不是 50 马克？"

"对，但这不能适用于目前你这件事上。在公开会议上对委员会进行侮辱，是列在应受到最严厉处罚的犯罪行为中的。"

"我不相信。"

"如果你不相信，那就由法庭来决定。"

"有些情有可原的理由啊——我那时头脑不很清醒。"

"你呀，非常清醒。人人在你出口伤人之前，都看得出这一点。"

"我实在不很清醒——记不记得有一段时间我出去了？"

"这的确有点儿不寻常，但别人告诉我说，你出去之后，一直在抽打你那匹无辜的马儿，别的什么事也没干。"

海尔曼对此无言可答，只好缄默不语，咬着自己的胡子。

"好了，好了，咱们讲和吧。为什么你们不想和解呢？"

"我嘛，倒是愿意这样做，对那件事儿我并不太介意，我可以和解，但我不知道别人——"

一阵宽舒的感觉传遍了海尔曼的全身。为了表示感谢他握住上尉的手——

"谢谢，老兄！谢谢，老兄！"他说。

"用不着谢我！我已经说了，我没问题，但我不知道别人怎样。警长挺不好办的。你侮辱他比侮辱别人都厉害。"

海尔曼本以为已经脱离了困境，而这下他发觉他的情况比以前更糟糕了。

"你最好马上去跟他谈谈，想法让他同意和解。"上尉接着说。

"我去。我这就去，也许他会同意的，你觉得怎么样？你认为他会同意和解吗？"

"也许可能。"

"他说过什么话吗？"

"自从那次开会以来我没有碰到过他。"

"那时候他说了些什么？他生气吗？"

"噢，那时候他的确非常生气。"

"当然他很气喽，他很容易生气，而且爱记仇。你想他会同意和解吗？你觉得他会吗？"

"那可不敢说。"

"也许最好我现在就去。你觉得怎么样？"

"我也不知道应该怎么办才好。"

"我马上去。我先不回家，我直接去他家。老兄，你真是个好人。我再也没有见过像你这样的好人，的确天下少有。再见，请常到我家来玩，亲爱的朋友。虽然咱们是同一教区的居民，但你却很少到我家来串门儿。好，再见！"

"忙什么？再坐会儿，抽袋烟。"

"不，不！我原也想抽烟。多谢，多谢，可现在不了，我得赶紧去警长家。"

"用不着这样火急嘛。"

"万一他到教区去或者别的地方，所以我必须快点去，请原谅。"

"好吧，再见。"

"再见，老兄。代我问候尊夫人，别忘了到我家串个门儿。"

他点头哈腰地急忙走了出去；同一瞬间，警长从躲藏的地方走了出来。上尉跟他从窗户望出去，看着海尔曼怎么从木柱上解下缰绳，急忙赶马冒着冻雨往前走。

黄昏时分，蜡烛刚刚点起，海尔曼又一次赶着马来到上尉的庭院。

上尉和警长正坐着喝甜酒，这时门廊里传来了一阵沉重的脚步声和摸索门锁的响声。最后进来了一个人，浑身是雪，连眉毛上都挂了一层。

"晚安！"海尔曼怯生生地说。

"晚安，晚安！"另外两个人和蔼地回答，"请坐，老兄！"

海尔曼带着疑惑的眼神瞧了他们俩一眼，同时用手指将平自己嘴上那湿淋淋的胡子，在靠近沙发的一把椅子上坐了下来。主人向他敬烟和甜酒，但他两样都谢绝了。接着上尉和他的客人继续慢慢地谈论天气的好坏、暴风雪和霜冻，还想把海尔曼也拉进来一块儿扯。他不得不时而插一句嘴，就是没机会说明自己的来意。到最后还是上尉走出房间去取甜酒，海尔曼便趁机转向警长。

"我为了我们那件事儿到您家找过您，想必上尉跟您说过了吧？"

"没有啊！什么事？"

"就是在——在——教区委员会大厅里发生的那件事，那时候——你一定记得——"

警长一直在吞云吐雾。

"噢，那个？——嗯——好，怎么办呢？"

"唔，为那件事我接到了传票。可是咱们用不着把它闹到法庭上去，是不是？"

"为什么不呢？那样也许可以彻底解决问题。"

"不，咱们可别那样做，让咱们像正人君子那样讲和吧。"

警长仍然在喷烟，一句话也不说，海尔曼不得不添了一句："而且为了讲和，我还可以付些钱，只要——"

"嘿！那倒不错——不过你该记得你非常粗暴地辱骂了我；你骂我流氓、醉鬼、奸夫。"

"我没骂奸夫。"

"你没有骂？"警长顿时发火了，"你是说你没有骂？我告诉你，你不但骂了，而且骂得比那还要厉害呢。你在委员会公开会议上侮辱我——我，一个国王的臣仆。"

"我所做的只是让我那口嚼烟掉在地板上而已——"

"你说让它掉在地板上？我告诉你，你用中指把它从你嘴里掏出来，朝我脸上直掷过来。它没有打中我，并不念你的好处，因为你本想那样做。根据刑法，企图也要受到处罚，比如说谋杀未遂罪。让我告诉你，我不能容忍这种事，我不能忍受当众侮辱一个负责维持社会治安的人。你知道那种行为要受到什么处罚吗？"

"是，我知道，那是很严厉的，我知道，可是我当时克制不住自己的火气，我不知道自己一生气会做出什么事来。"

"这跟我无关。由法庭来决定。"警长想到当时的情景真的发火了，他背着手，怒气冲冲地在屋里走来走去。海尔曼紧紧跟在他的身后，每当转弯时他就赶紧跟他说话。

"不，听我说，我亲爱的朋友，别把它搞到法庭上去，撤回那张传票吧，最亲爱的朋友！我愿意偿付和解的费用，撤销它吧，亲爱的朋友！上尉同意和解——诺，上尉，您是不是那样？"

"对，我同意了。"上尉一边说，一边把热水罐放在桌子上。

"那你为什么不可以呢，亲爱的兄弟，请你原谅我吧，别让我倒霉啦，我愿意偿付你所提出的任何代价。"

"你愿意偿付我所提出的任何代价吗？"

"是的，是的，任何合理的代价。"

"噢，我懂得你的'合理'是什么意思——除非上法庭，否则你一个子儿也不肯拿出来的！"

"我赔——我赔——我马上就赔！你要多少？"

"不过关键并不在于赔钱，"上尉说，"而是在于道歉。"

"我已经向你们道歉了，我现在还可以再来一次。"

"嗯，求我们原谅？哪怕你一辈子尽在求我们原谅有什么用呢？你得去向全体委员道歉。"

"全体委员？"

"嗯，一点不错。你那些骂人话是冲我们大伙儿骂的，他们所有的人都授权给我代为处理这件事。"

"啊呀，完了，完了！天哪，天哪！这下我可完蛋了，永远完蛋了！老天啊！"

警长欣赏了片刻海尔曼这种愁伤和悲叹，然后说道：

"好了，我的好心肠想帮你个忙，怎么样？可是你得记住，这纯粹是出于我的好心，而你实在不配。"

"噢，助我一臂之力吧，我的好兄弟，别对我太狠了。"

"难道你从来也没有压迫过别人吗？"

"没有，我从来也没有。"

"你从来也没有狠命地剥削过，比如说，你的佃户吗？"

"喂，罗斯伯格，"上尉插嘴道，"他怎样对待他的佃户，跟我们有什么关系？这是他们的事。"

"也许是——不过，我说过我可以试一试，但我不知道情况会是怎么样。如果可以的话，我当尽量想法帮你摆脱困境。"

"试试看吧，我的好兄弟，一定要试试看，跟他们谈谈，想法说服他们。他们有人欠你钱吗？"

"这个方面可不能采取强制的方法！"

"不，不能采取强制的方法。"

"现在能想到的唯一有效的办法，就是当众道歉。"

"是，是。"

"拿我来说，至少我将坚持这一点，我想上尉也一样吧。"

"当然。"上尉一边说，一边在狂饮甜酒，鼻子都钻进了酒杯。

"别的委员也会坚持这一点的。"

"是，是。"

"总而言之，你得当着许多生人面前，向我们这伙被你痛加侮辱的人公开道歉。"

"是，是，我绝对照办。什么时候呢？"

"你最好把这件事全交给我来办，要不然——"

"好，就全交给你——当然啰——"

"这件事下星期一要在法庭上解决。头一天的晚上你可以到法庭的外厅来，我会把有关人员以及生人带到那儿。"

"别带生人来。"

"这对你有利，否则就算不得正式了。"

"那么，别带太多来，两三个，怎么样？"

"这是我的事！"

"当然，当然。"

"为了使你用不着向每个人一一道歉，我想让他们同意聚在一道，快快活活地消磨一个晚上，钱由跟这件事最有关的人付。"

"是，用什么方式呢？"

"这样来做，我找个人来，让他给我们安排一顿晚餐，配几碟好菜，另外根据需要准备酒水。"

"是，是。"

"你同意这样吗？"

"嗯，当然，那不会是——不可能是——我本人从来没搞过这种名堂，我猜想那不会是一场豪华的宴会吧？"

"宴会？那要看你怎么称呼它啦。好吧，要是你愿意，就来它个宴会。你有什么话要说吗？"

"没有，没有！我想大概不能算出要用多少钱吧？"

"这我可不知道，不过你如果只肯出几十马克什么的，那么咱们还是法庭见。对我们来说，反正都一样。"

"不，不，我不是那个意思，我只想说，那样当然好极了。嗯，是的，嘿，嘿！"

事情就这样决定了，沉默片刻后他们又开始谈起别的事。可是，对海尔曼来说，这番谈话进行得总是不很顺畅。他完全是心不在焉，不时地熄灭刚才上尉非请他抽的那袋烟。他坐了会儿就站起来告辞了。

但是当他走到门廊那儿时，他又转过身来，招呼警长过去，因为他还有几句话要跟他说。

"是这样的——我要——我是说我愿意——这——这个宴会不要花太多钱——目前我手头挺紧——所以请您告诉那家旅店老板娘，她可以从我们那儿买鱼肉和牛奶，您还可以借用我们的厨师，他以前办过酒席——尽管我想这次也许并不是什么豪华的宴会——嗯，嗯——"

"听着，老兄，"警长说，"也许我们把这件事全交给旅店老板娘来办，如果你不舍得这样做，好，那么咱们就在法庭见，这样你就可以免得办这些事了。"

"不，不，绝不能这样——我不是要——再见吧——"

"为这事干一杯！"海尔曼走后上尉说。

"干杯！"警长回答说。

黑夜中，海尔曼老爷赶着马回家，一路上，他的心里就像一团乱麻。道路已经被冰雪封住了，马走得又慢又吃力。起先，他大声吆喝，催马向前走，当他这样做毫不生效时，他就生气了，执起鞭子乱抽。马向前奔了几步，可是很快又变成一步一步地在深深的雪堆里向前磨蹭。于是，海尔曼也只得随它去了。

在两件事情上两种思想互相交替地折磨着他。起先，他感到被人愚弄了，也许今后还会被人愚弄，心里十分苦恼。随后他坠入沉思，盘算着这个宴会可能要花多少钱。他们肯定是想花多少就花多少。买肉买酒和邀请客人都得由他们来决定，不是吗？他还想单独算一下他们可能请哪些客人，但是除了他认为需要请的客人以外，他就不敢再去想别的，因为这样请的客人就会太多了。他突然想起奥卢商业顾问举办的宴会，宴会上既有香槟酒还有点心——这次他们大概不会办成那样的宴会吧？他们不会恶毒到那种程度吧？可谁敢说呢？他们有权，干什么都行——何况他们跟他又有宿仇。

他一想到这点心里就感到害怕，快到目的地时，他几乎要放声大哭。最后当他到家的时候，他的一举一动就像病人似的。他呼哧呼哧地喘气，用呜噜呜噜的嗓音说话，额头上现出一条条的皱纹。他的夫人不得不帮他脱下大衣、围巾等，拔下他的套鞋。

"你怎么了？什么地方不舒服？"太太小心翼翼地问道，但老爷并没有回答。"你头痛吗？那么也许着凉了？要不要叫人给你沏点茶喝？"

"不，用不着！"

"也许按摩对你有好处，一定是你那脖子疼的老毛病又犯了，让我来试试。"

"妈的，你在捣什么鬼？别管我！"

他气得把大衣往肩膀上一搭，"轰"的一声从大门冲了出去，到自己屋里去了。他气呼呼地把门一关，裹着大衣，倒在沙发上睡着了。

五

当海尔曼被迫举办一次宴会，而由警长邀请客人这一消息传开时，这个教区的上流社会中普遍地掀起了一片欢乐。他们对海尔曼多多少少都怀有点仇恨，要是没有别的理由，那就是因为他有钱。这当儿，只要有两个人碰在一起，就会兴高采烈地谈起这个好消息。凡是警长到那里宣读过这个消息的人家，人人都欢欣地搓着手，无论是进门或者告辞的时候，警长总是说这句话：

"这件事——它真使我高兴，连我的脚指头也不例外。"

"活该！他这次终于掉进了陷阱，这只老狐狸！"别人总是这样补充说。

警长请了他所有认识的人来当"生人"，其他跟这件诉讼有关的人也这样做了。那时正巧法庭在开庭，于是，所有的律师、记录员、法官助理、估税委员、桥梁总监和其他那时在场的人，都淌着口水，准备参加一个费用由海尔曼出的宴会，度过一个愉快的晚上。除了这些人之外，法官、医生、药剂师和五六个店老板也得到了邀请，将出席这一盛会。

教堂村就像一个小镇，那儿有一所大旅店及其餐厅，旅店的大厅平时也当作法庭用，现在给租下来办这个宴会。法庭的桌子和法官的椅子都给挪到墙边，圣经和法典也给摆到满布灰尘的书橱最高一层上。面包房里最大的一张桌子代替了它们，摆在屋子的中间，上面盖着一条白桌布，人们将在它的旁边先举杯饮酒，然后共进晚餐。挨着四面墙摆好了许多小桌，上面放着酒瓶和酒杯以及香烟和烟灰缸。样样都安排得很有气派。警长没有命令旅店准备晚餐，而是向旅店预定晚餐。

旅店老板娘在一个女仆的帮助下，把玻璃杯沿着桌子的边放好在桌子上。老板——他也是杂货店老板——从店里拿来香烟摆在小桌上，并且从酒瓶里把"科涅克"*倒在有玻璃塞的细颈圆酒瓶里。

"晚餐有没有龙虾？你要到冰窖里去取吗？"老板问。

"我当然去取，要不然就要处理掉了，反正这次是要让海尔曼破费啦。"

"没问题，他付得起，他平时用东西都是从奥卢买回来的，连盐都算上。而这次，他赚来的利钱中一小部分要落到咱们的腰包里啦。"

"当然，海尔曼这家伙也是个地地道道的大混蛋。"

------

* "cognac"的音译，一种白兰地酒。

"很好，"女仆插嘴说，"很好，但别人也好不到哪里去。"

"什么？"

"那些老爷们，警长他们，叫人家白花钱。"

"你非得叫几声不可，是吗？"

"吠犬不咬人。那些人是自作自受。要是我真的像一条狗那样叫的话，我会叫得更厉害。"

"每张桌子上，我要放几包香烟？两包，怎么样？"

"放它三四包，"老板娘说，"你放得越多，大伙儿抽得也越多。桌子上有很多富余的香烟时，大伙儿就会一个劲儿拿起新的，把刚抽了一半的掷掉。"

"对，对，我不是一再说你有时比我聪明——天下并非每个人都跟我一样，有一个这样聪明的老婆。"

胖乎乎的老板娘用胳膊肘儿轻轻推了推女仆，丢给她一个眼色，开玩笑地说：

"他这样说话，就好像这里的一切都是他的似的——真不要脸！"

的确，这家店铺和所有别的东西都是老板娘的，一切由她管理。她把她的账房先生看作自己的第二个丈夫，但是仍然自己掌管店里的事。

近 7 点钟，客人们开始乘坐雪橇来到庭院。警长今天是以主人身份出现的，所以他第一个到达来迎接别的来宾。他马上吩咐下去，应当在门廊里挂盏灯，桌子和窗台上多点几支蜡烛，免得客人摸黑进来，而且这样也可以让外面的人知道这里在举行一次大宴会，就像是在举行婚礼一样。实在犯不着节省任何费用，反正付钱的人不是一个穷鬼。

"请进请进，先生们，再朝前走一点，马上来一小杯科涅克，这样可以解解寒气。拿点儿糖来，还有冰水，干杯！这儿有烟叶、雪茄和纸烟，大家喜欢什么就抽什么，现在就请吧！"警长兴高采烈地喊道，客人一到，他就把他们领到上席那儿去。

医生来了，带来了他的大肚子。法官驾到，他的大鼻子发出喇叭似的响声。药剂师也蹑手蹑脚地走了进来，他很着急，因为不知帽子该挂在哪儿；临了，他在窗台上的花瓶后头找到了个地方，然后他抓住自己的长胡子，从口袋里掏出一把梳子，仔仔细细地梳理了很久——办完这些事后，他才点上一支香烟，加入别人的圈子。接着上尉披着他的狼皮大氅来了；他脱下大氅，穿着一套清爽整洁的西服走进屋来，脸刮得干干净净，上髭修剪得很整齐，手里拿着自己的烟斗。随后走进来的是委员会所有别的委员、记录员、律师、法官助理，还有几位教区里最阔的农场主。

警长不停地招呼客人坐下抽烟。

"请坐，抽抽烟，千万别客气！"他一个劲儿说着，并且挂着狡黠的微笑，又对每人悄声说道：

"今晚的主客还没到呢，但是没有关系，没有他在，咱们照样可以开席。"

"今晚的主客！"大家都喊道，并且大声地笑了起来。起先，他们跟警长一起哈哈大笑，接着他们又在自己的小圈子里笑个不停，身子一会儿弯，一会儿直，手一直揪着裤腰带。

上尉跟在警长后面，把头挤进每个正在议论"今晚的主客"的小圈子。

"这真是个绝妙的创新，是不是？"

"这是一出喜剧的好材料呀。"医生说，"只要有人把它编一下，这出戏保险会有惊人的效果。"

"唔，真的！那一定是妙不可言！完全是别出心裁！可是你怎样使他同意的呢？"

"他不得不这样，非得这样不可——这真是我的独创，嘿嘿嘿！我当中尉时，曾经出现过同样的情况，我们也对一个跟他一样蠢的同伴开过这样的玩笑。"然后他就把这件事从头到尾说了一遍。"喏，这是不是处罚这家伙的最好的招儿？"

"是的，这的确是最好的办法，这样一来也可以让旁人分享一下今晚的欢乐。"

"你们没听说我们怎样让他乘坐雪橇跑来跑去吗？"

"真的，在风雪交加之下！罗斯伯格已经跟我们说过了，不过很难相信海尔曼竟会让人愚弄到这种程度。"

"他不得不那样——非得那样不可，哈哈哈！监禁摆在他的面前，威胁着他的时候，他真吓死了！嘿嘿嘿！"

"真见鬼！这样微不足道的事也用得着监禁吗？"

"啧，啧！这是法律！不过这事儿明天再说，今晚请您闭上尊嘴——嘿嘿嘿！"

大家都笑了，因为大伙儿都觉得事情更加好笑，警长和上尉的把戏现在变成每个小圈子谈话的主题了。

可是警长开始觉得海尔曼未免耽搁得太久了，他就走进厨房，吩咐把甜酒端上来。

"今晚的主客看来还没有到，我们处在主人的地位上，管他呢，咱们开席吧！"他一边说，一边在杯子里加了几块糖。就在这时，旅店的马夫进来了，他对警长说海尔曼老爷请他出去一趟，他要跟他谈一下。

"他为什么不进来？"

"他坐在雪橇里，请您去呢。"

"什么鬼事？"警长嘟囔道，但他还是出去了。几个记录员马上蹦蹦跳跳地跟在他的身后，从门的裂缝向外张望。

"他还坐在雪橇上吗？"别人问他们。

"他站起来了。"

"他干吗不进来？"

"他不愿意打这儿进来，他说他宁可从后面的店铺走进来。安静点儿！你们要是没完没了地说话，我可什么也听不见了。他在问，'里面生人多吗？'警长正在告诉他不多——'这些马都是谁的？'他问。哼，Ähäh, älysipäs!——嘘！警长说，'你管这些马干吗？'妈的！他走进来了！"

从门缝向外张望的人连忙退后闪开，就在这个时候，警长把门打开，推着海尔曼的肩膀，把他推了进来。全体客人都站立起来，那些走来走去的人也站住了，向这位刚到的客人点头致意。他先窘迫地咳了一声回应他们的欢迎，接着尴尬地点了两下头。

警长劝他脱下大衣，一位记录员走过来把它接了过去。然后，上尉上前跟他握手，跟警长一起领他朝屋里走。这时屋里所有别的人都走了过来跟他握手，向他表示问候，海尔曼只得断断续续地回答道："您好！——嘻，嘻！——您好！"穿过人群之后，他就请警长跟他到旁边的房间里去。

"我要不要马上——？"

"好，等五味酒一调和，你就来——"

"什么？还有五味酒？"

"当然喽！你觉得应该有什么？"

"对，对——"

"你先到大厅里去，我去叫他们快点调好五味酒。"

"喂，别走！我想请你代我来那一下子！"

"你是说道歉吗？"

"是的，那是一样的，如果你代我——我是说我真的不会——"

"怎么不会呢？当然，如果你本人也在场的话，我可以代你做。现在你先进去，装袋烟抽，调点甜酒喝。"

"不过我可以在这儿等。"

"随你的便，但是等你听到我敲那只五味酒瓶的时候，你就进来。"

"好，好。"

警长把海尔曼撂在后面的店铺里，自己穿过大厅，急急忙忙走进旁边的房间，店老板和上尉正在那儿调制五味酒。他们的四周慢慢地聚拢了一群好奇的估税委员和几位从没有见过调制这种美酒的农场主。

"真格的，这才叫调酒。"其中有一位说。

"单吃那些糖，单喝'科涅克'和葡萄酒，不是一样好吗？"

"不，还是这样好！"

"得，停！'科涅克'够多啦。现在掺两瓶葡萄酒！"药剂师指挥道。

"再往里加 4 瓶葡萄酒,一瓶'科涅克'!"警长催促道。

"那会太凶了!"

"而且也太贵了!"

"没关系。我要把它调得美味可口,花多少钱都在所不惜。我想你总不会打算喝糖水吧?"

"我不晓得它得花多少钱。"

"尝尝吧!别这么问来问去。"

"让我也尝尝!天哪,真好喝!"

"可是待会儿你再喝,味道会更好。再拿两瓶香槟酒来!"

"不!见鬼!不!"

"你唠叨什么?我告诉你,最好的五味酒总得掺香槟酒。"

大家都狡黠地笑了,并且互相眨了眨眼。

酒还在调制中,各种好东西都给掺进去,直到最后警长和药剂师都同意行了才止住,尽管那只酒钵还容得下一两瓶葡萄酒。

"好了!"然后酒钵就给端了进来,大家都跟在后头。

这段时间里,海尔曼一直坐在后面的店铺里,隔墙听着银勺碰着酒钵边儿所发出的匀称的当当声;同时,厨房里盘碟相碰的响声和烤肉香喷喷的味儿,通过另一道墙传到他这边来。数不尽的诅咒和骂人的话在他心中翻腾,但是没有爆发出来。

他坐在椅子上摆来摆去,站起来走几步,停住听听,又坐了下来。

突然从大厅里传来一阵"当当"的响声,他便走了进去。

警长已经站起来了,手里拿着酒杯;店老板正在桌子末席那儿,用一只奶罐子斟满最后几杯酒。别的人也都站了起来,转脸瞧着站在门柱旁的海尔曼。

警长又用银勺在酒钵边上"当"地敲了一下，开始发言。

"诸位先生！咳！好了，我想我可以说了，我们都知道今天是什么事叫大伙儿聚在这儿——所以对这一点，我也用不着再多说了。真的，所有记仇怀恨的做法都是挺可耻的，你们说对吗？"

"对，对。"喊声来自四面八方。

"这完全是出于一种误解，哪一个人从来也没有犯过错误？人总是要犯错误的。我谨代表跟目前这件事有关的人，只要求你们忘掉所有的宿怨，重归于好，让这件事就此了结吧，你们说对吗？"

"对，对！海尔曼是条好汉！"

"那么，让我们为他的健康干杯！海尔曼万岁！"

"万岁！万岁！"

全部讲话就是这样；这当儿，大伙儿一边欢呼，一边碰杯。那些没拿到酒杯的人从厨房里抄来咖啡杯子，斟满了五味酒。警长给海尔曼一只酒杯，跟他碰杯，还和他握手；别的人——那些当事人和见证人——也都跟着这样做。首先是法官，接着是医生和药剂师，然后是别的来宾们，按地位大小顺序仿效。这套仪式搞完之后，警长便和上尉走向前，用手挽着海尔曼，领他到沙发上坐下。沙发前面的小桌上放着一大罐满满的五味酒，四周围着一圈绅士和几位估税委员。这当儿，别的人在屋子另一头吵吵闹闹地欢乐着，没完没了地喝酒抽烟。

然而，海尔曼总不能称心地感激这种对他的欢迎。警长几乎是硬往他嘴里塞了一根雪茄，海尔曼呆呆地抽着它，局促不安地坐在那儿，僵硬的领子割痛着他的脖子，新刮过的脸上还带有几处割破的伤痕。他手里拿着雪茄的时候，或者雪茄灭了再点的时候，他的手总是在微微发颤。

"这儿有火！"警长说。"别再为这件小事担心啦,海尔曼——我想，我们大伙儿当时都发了点脾气。谁要是记仇，谁就是孙子——咱们别再提它啦。祝您健康！"

"祝您健康，老兄！"上尉说，他心满意足地坐在那儿，眨巴着眼睛，嘴上叼着自己的烟斗，身前放着他那只喝甜酒的杯子，因为他不喝五味酒。"不知道你什么时候在家，我打算瞧瞧你那匹壮马，听说它长得很神骏。"

"它够得上是匹漂亮的马。"

"整个教区，就算你的马最好！"

"就这样，"警长又开腔道，"咱们可以圆满地解决掉这件不愉快的事了。就这样，人与人之间的怨仇都可以自动消除了，谁也不会再有什么牢骚。拿我来说，我没有任何怨气了。"

"我们也一样。"

"要是谁说海尔曼不是好人，他得解释给我听为什么。对了，还有安第抢劫的事，现在怎么样了？你是不是忙着要办呢？"

"嗯，我希望快点儿办。"

"好，明天我在教堂里贴出下星期拍卖的通告，让你马上就可以拿到钱。那些佃户真是一群流氓。"

"是啊，他们实在是比流氓还坏，"一位农场主热心地插嘴道，"跟他们没法打交道——他们长年累月地不还债，他们不服规定的工役，他们不关心他们的农田，也不好好开垦他们的牧草地。"

"不过，也许原因是农场主加在他们身上的负担过重。"

"见鬼，这完全是谎言——不知道就不要说话。"

"好了，好了，别为这事吵嘴啦！"上尉说。"祝你们健康！"

"祝你健康，海尔曼！别那样气冲冲的！喝吧，伙计，喝得你感到你真的参加了一次宴会——再拿点五味酒来！"

"都喝光了！"

"已经光了吗？"

"好货色不怕没人买，更不用说还抢购呢！"

"好，喝五味酒吧！当然我们并不打算这一晚上只喝那一钵酒——伙计们，再调一些！"

海尔曼坐在那儿，像一个在自己家里的生人，像一个眼看着自己的东西让别人给卖掉的人。

他看到人们怎样把一支香烟抽了一半就往地板上掷，不断地点起新的。店老板还没完了地从店铺取来新的货色。不算雪茄，光是香烟，就已经抽掉十多个马克了——他们好像都在打赌看谁酒喝得最多。喝完一杯又一杯，警长一再举起那些空酒壶，大声叫人再把它们盛满。

他已经颇有醉意，别的许多人也一样。

"来，别客气，喝吧，伙计们！海尔曼让我当宴会的主人，所以我说喝，你们就喝。海尔曼，你也喝呀！别那么无精打采的，伙计！喝吧！你知道，你已经侥幸地得到从轻发落了。祝你健康！"

接着警长把头转向右边，又转向左边，放声大笑。

"见鬼，你过去是多么凶猛——嘻嘻嘻！眼下你这样温顺、愁眉苦脸地坐在那儿，简直认不出你来了。你那回把我们骂得狗血喷头，太恶毒了！你还记得你怎样把你的那块嚼烟往我的脸上啐吗？幸好没啐着，落在墙上了。多亏没有打中我，真算你运气好。祝你健康，老兄！怎么，你的杯子是空的？拿过来，我给你斟满一大杯五味酒。"

"不要啦——我得回家了。"

"你不吃晚饭吗？"

"什么？还有晚饭？"

"当然喽，你没看见桌子是怎样摆的吗？"

"当然看见了。"

"你还是留下来吧，这是一顿丰盛的晚餐，留下来吧！"

"不，我不留了，我不太舒服。"

"那我可没法子啦。听着，伙计们！"

"慢着，你要干什么？"

"噢，我只告诉大家你要告辞了！"

"不，不用告诉他们！"

"那可不成。听着，好朋友们，尊贵的来宾们！"但是屋子里喧嚣鼎沸，烟雾腾腾，谁也听不见谁，谁也看不清谁。而且这时警长的嗓门已经相当沙哑，只有那些挨近他的人听得见。有人拉了一下他的袖子，警长把海尔曼撂下，让他站在门口。

海尔曼穿衣服时，他看见他们在铺桌子，端来许多食品和饮料，把啤酒和葡萄酒一瓶挨着一瓶地摆放在桌上。他可以数出桌上已经摆了一打啤酒和半打葡萄酒啦。他们还在从店铺里拿来更多的。

他气得眼睛冒出火花，鼻孔越放越大。他的手里拿着带着圆扣的宽皮带，在空中划了个半圆，费了九牛二虎之力才把它紧紧地扣在腰上。

"请大家用餐！请大家用餐！"他听见警长在催大家。

他站在雪橇里，伸了伸身子——里面是笑声连天，还齐声高唱："干一杯，再干一杯！拉地——拉地——拉拉拉！"

马儿突然拉着雪橇跑了起来，把他一下子摔倒在雪橇里——

"回来！"他冲着马夫喊道。"停住！"但雪橇还没有停住之前，他便跳了下去，从腰上解下皮带，气呼呼地冲了进去。他敞开着大衣，把桌布使劲往下一拉，先把酒瓶和酒杯从桌上拉了下来，然后把烤肉、汤菜和盘碟拉了下来。干完这个后，他苦笑着大声喊道：

"请用餐吧，猪猡们！从水坑里舔着吃吧，狗仔们！我就是海尔曼，我请客！我为你们效劳，尊贵的来宾们！"

这种混乱的场面还没平息下来，他就已经上路了，他敞开四肢松弛地坐在雪橇里，一边走一边哈哈大笑，把窗户都震得嘎吱嘎吱作响。

当父亲买灯的时候

一

当父亲去买灯的时候，他这样对母亲说："嘿，妈妈，你听着，我们也买盏煤油灯，怎么样？"

"什么灯？"

"怎么，难道你不知道吗？教堂村那个杂货铺老板从圣彼得堡*买来几盏比10支松明燃得还要亮的煤油灯。牧师家已经买了一盏。"

"噢，对了！是不是那种东西，在房间当中闪闪发光，几乎像在白天一样，无论在哪个角落都能看着字朗读，对吗？"

"就是这种东西——里面燃的是油，只要晚上把它点亮，它就不会灭，一直可以燃到第二天天亮。"

"不过湿的油怎么会燃呢？"

"那么你也可以问：烈酒怎么会燃呢？"

"但它可能把整个房子都给烧着啊。当烈酒一着火，你就是

---

* 俄国的首都圣彼得堡，当时芬兰是俄国的一个大公国（1809—1917）。

用水浇也扑不灭的。"

"当油和火都装在玻璃罐里，在这样情况下怎么会把房子烧着呢？"

"在玻璃罐里？火怎么会在玻璃罐里燃烧呢？玻璃罐不会爆裂吗？"

"什么东西会爆裂？是火吗？"

"不是，是玻璃罐。"

"爆裂！不会爆裂的——当然它也许会爆裂，如果你把火捻得太高，可是你不允许那样做。"

"把火捻高？不，不，你怎么能把火捻高呢？"

"好，你听着——你把螺旋往右边一拧，灯芯就会上来——你知道，煤油灯跟蜡烛一样也有根灯芯，这样火头就上来了，但是当你把螺旋往左边一拧，火头就会变小，你再一吹，它就会灭了。"

"就会灭了！当然啰！不过无论你怎么解释，我还是一窍不通——我想这大概是贵族老爷们的一种新奇玩意儿吧！"

"等我买一盏回来，你就会全明白了。"

"一盏煤油灯要多少钱？"

"7个半马克，油另算，每罐一马克。"

"7个半马克，还得另外买油！说真的，用这些钱你可以买够用好几个冬天的松明，如果你真想买这个玩意儿的话——当然，如果你让彼卡把那些松明木劈成小片，那么你连一个子儿都不会浪费掉。"

"用煤油灯也不会浪费什么！你知道，如今长着贝里木的树林也是很贵的，而且我们的地盘里松明木也不是俯拾即是，你得花时间去找，把它们从偏僻的林子里拉到这边的沼地来，何况那里的松明木也很快就要用完了。"

母亲当然心知肚明，松明木还不会一下子就用完的，因为直到现在还从来没听人这样说过，这只是父亲想去买煤油灯的一个借口而已。但她聪明地闭上了口，否则父亲会生气的，这样一来，他也许就不去买煤油灯，大家也就看不到了。也许别的人家会比我们先买煤油灯，那么整个教区就会谈论继牧师家之后首先使用煤油灯的那家人家。因此母亲再三考虑后就这样对父亲说：

"要是你想买，你就买吧。对我来说，不管点什么，松明还是什么别的油反正都一样，只要我纺线时看得见就行了。那你打算什么时候去买呢？"

"我想，如果合适的话，也许明天我就打算去——我跟店老板还有点别的事要办。"

现在正是一星期的中间，母亲知道得很清楚，那件别的事可以等到星期六再办，不过这当儿她什么也没说，心里只在想："不如越早越好。"

当天晚上，父亲从阁楼里取出祖父当年去奥卢时放干粮的那只大旅行箱，叫母亲装满干草，中间再放些粗棉花。我们小孩子们问为什么箱子里只放些干草，当中铺些棉花，而不放别的东西呢，她却叫我们全都少多嘴。父亲的情绪要好一些，他解释道，他要从店老板那儿带回一盏煤油灯来，它是玻璃做的，如果不小心跌一跤或者雪橇颠得太厉害，它就可能摔碎。

二

那天夜里，我们小孩子躺在床上好久都睡不着，心里想着那盏新的煤油灯，但是那个劈松明的老佣人彼卡刚把晚上点的松明吹灭，他就打起鼾来了。尽管我们谈了半天煤油灯，他却一次也没问它是一种什么玩意儿。

父亲整整出去了一天，我们都觉得这真是太长了。那天午饭时，我们虽然有奶汤喝，但饭菜的滋味根本就没有领略到。而佣人彼卡却狼吞虎咽地替我们吃了，并且全天都在劈松明，直到把房梁都给塞满为止。母亲那天也没有纺多少麻线，因为她老是走到窗前，朝冰面上窥视，盼望父亲回来。她时不时地对彼卡说，我们今后也许不再需要松明了，可是彼卡并没有把这句话听进去，因为他连为什么不需要都没问一声。

直到晚饭时，我们才听到院子里传来的马铃声。

我们小孩子嘴里还含着面包片儿，就奔了出去，但父亲又把我们赶了进来，并且叫佣人彼卡去帮他抬那只箱子。彼卡早已在炉边那条板凳上打了半天盹儿。当他帮父亲把箱子抬进屋子时，他笨拙地把箱子碰在门槛上了，他要是年轻一些，准会挨父亲一顿揍，可是他如今已经是个老头儿，父亲可从来没打过一个比自己年岁大的人。

不过，要是煤油灯真的给碰碎，那么他肯定会挨父亲一两句臭骂的，幸好它一点儿损伤也没有。

"爬到炕上去，你这个笨蛋！"父亲冲着彼卡喊道，彼卡便爬上了炕。

父亲早已从箱子里取出煤油灯，并且用一只手拎着它。

"瞧，就是它！它就是这个样子——油往这个玻璃罐里灌，那段带子就是灯芯。嘿，把那支松明拿远些！"

"现在点上它，好吗？"妈妈一边朝后退一边说。

"你是不是糊涂啦？里面没有油怎么点？"

"那你不会倒点油进去？"

"倒油进去？说得倒挺容易！嗯，人不懂得这些道理时就是这样说，可是店老板再三嘱咐我千万不能在火光下灌油，因为它会着火，把整个房子都给烧掉。"

"那你什么时候灌油呢？"

"白天——白天，难道你等不到白天吗？这也不值得这样大惊小怪的。"

"你瞧见它着过吗？"

"我吗？我当然见过好多次了。我在牧师家里见过，还有在店老板那儿试点这盏灯的时候。"

"它着了吗？"

"当然着了。当我们把铺子里的百叶窗全关上时，你连地板上的一根针都瞧得见。你们看，这儿有一顶这样的帽子，火焰在椭圆形的玻璃罩里燃着时，亮光就跑不到上面去，那儿反正也用不着它，它就朝下四射，你就可以找到地板上的针。"

当然我们都很想试试是不是真能在地板上找到一根针，可是当父亲把灯挂在房梁上之后就开始吃他的晚饭。

"今天晚上，咱们还得将就着再点一支松明。"父亲边吃边说，"但是明天，我们家里就要点煤油灯啦。"

"爸爸，你看，彼卡劈了一天的松明，把整个儿房梁都给塞满了。"

"真的吗？好啊，不管怎么样，咱们今年冬天总有柴火烧啦——别的地方可不再需要松明啰！"

"不过，萨乌那屋和牛棚还需要松明。"母亲说。

"咱们厅堂里可要点煤油灯啦。"父亲说。

三

那天夜里，我比前一夜睡得还要少。我早晨醒来时，我想到灯要到晚上才点，要不是怕难为情，我真想哭出来了。我梦见父亲在夜里把油灌进煤油灯里，它整整着了一天。

天一亮，父亲就从那只大旅行箱里掏出一个大瓶子，把里面盛的东西往一个小瓶里灌。我们很想问那瓶子里装的是什么，但不敢，因为父亲的表情那么严肃，我们感到很害怕。

但是父亲把煤油灯从梁上往下拉一点，开始转来转去拧来拧去摆弄灯的时候，母亲再也憋不住，便问道：

"你在干什么？"

"我把油灌进灯里面去。"

"噢，可是你把它拆碎了——你怎样把你旋下来的那些零件放回原处呢？"

母亲和我们都不知道父亲从玻璃罐拧下来的东西叫什么。

父亲什么也没说，只叫我们离远些。然后他把那只小瓶里盛的东西灌进玻璃罐，把它灌得差不多满了。这当儿，我们就猜想那只大一点的瓶里也一定盛的是油。

"好啦，现在该点火了吧？"母亲又问道，因为她看到父亲把所有旋下来的零件放回原处，又把灯挂在梁上。

"什么！大白天点灯？"

"是啊——咱们的确想看看它怎样着的。"

"它当然会着的。等到晚上吧，不要着急！"

午饭后，佣人彼卡抱进一大块冰冻的木头，准备把它劈成松明，他从肩膀上把它砰地摔在地上，震动了整个儿屋子，连灯里的油都晃动了起来。

"小心点！"父亲喊道，"你现在想干什么？"

"我把这块松明木拿进来融化一下——冻成这个样子谁也劈不动。"

"并不是非要劈它不可。"父亲说，并且对着我们眨了眨眼。

"好吧，可是这样的木头是点不着的。"

"并不是非要点着不可。"

"这么说，是不是用不着劈松明了？"

"好啊，要是不用再劈松明，那又怎么样呢？"

"哦，要是东家不用它也过得去，那么对我来说反正都一样。"

"彼卡，难道你没看见梁上挂着个什么玩意儿吗？"父亲问这句话时，得意地瞧了瞧那盏煤油灯，并且怜悯地看了看彼卡。彼卡把木头端端正正地竖起来后才朝煤油灯瞥了一眼。

"就是这盏灯，"父亲说，"在它燃着的时候，你就不再需要松明的亮光。

"真的不需要了？"彼卡随后就一语未发，走出门外，到马厩后面去砍劈柴了。彼卡跟往常一样把一段跟他一般高的树木全都劈成了小块的柴，可是我们别的人几乎什么事儿都干不下去。母亲想纺线，但当她推开纺锤，走出去时，她的生麻连一半都没有纺掉。

父亲起先在削斧柄，可是这活儿一定有点儿不顺手，因为他没干完就搁了下来。母亲出去后，父亲也走了出去，他是不是去串门儿，那我就不知道了。他走的时候，叮嘱我们不要出去，并且对我们说，如果我们胆敢用指头碰一下煤油灯，他就要给我们一顿揍。好家伙，我们情愿碰碰牧师身上法衣的领子，也不敢碰煤油灯啊！我们只怕那根吊着煤油灯的绳子会突然自己断掉，那么父亲就要怪我们了。

但是，我们觉得客厅里时间过得很慢。我们什么事儿也干不下去，于是决定一块儿到滑雪的山上去。整个村子有一条大家共用的去河边打水的直道，它的尽头是个大山坡，雪橇可以从上面滑下来，滑很长一段路，一直滑到冰窟窿的另一头为止。

"油灯院的孩子们来了！"村里的孩子们一见到我们就喊了起来。

我们很了解他们是什么意思，但我们还是问他们油灯院的孩子指的是谁，因为我们庄院的名字并不是油灯院。

"很快就叫油灯院了，你们家不是买了盏煤油灯吗？"

"你们怎么已经知道啦？"

"你母亲经过我们家时对我妈说的。她说你父亲从店里买了那样一盏煤油灯，一点着，亮得让人能在地板上找到一根针——至少陪审官的女仆是这样说的。"

"你父亲刚才在我们家说，它就跟牧师客厅里那盏灯一样，我亲耳听到他这样说。"旅店老板的儿子说。

"那么你们真买了那样一盏灯？"村里所有的孩子都问。

"是的，我们买了，可是现在去看一点意思都没有，因为白天它不点燃。不过到了晚上，咱们一起去看它吧。"

接着我们就乘雪橇从山坡上滑下来，再爬上山去，一直玩到傍晚。每次把雪橇拉上山坡时，我们就跟村里的孩子谈论着煤油灯。

这样时间就过得比我们想象的要快，我们最后一次滑下山坡后就往家里奔去。

四

彼卡还站在那块劈柴的木墩前面，虽然我们异口同声喊他来看怎样把煤油灯点着，他却连头也没有回一下。

我们小孩子则一窝蜂拥进了厅堂。可是在门口，我们全都发愣地站住了。煤油灯在房梁下面已经点着，亮得使我们看它时不得不眨眼。

"把门关上，别让暖气跑出去！"父亲从桌子前端喊道。

"他们就像刮风天里的野禽似的窜来窜去。"母亲坐在炉灶旁嘟哝道。

"不怪孩子们看得着迷，就连我这样的老婆子都不得不感到惊讶呢！"旅店老板的老母亲说。

"我们家的女仆也是百看不厌。"村里陪审官的儿媳妇说。

直到我们的眼睛对这亮光稍微习惯一点，我们才看到屋里差不多已经挤满了邻居。

"孩子们，走近些，这样可以看得清楚一点。"父亲用一种比刚才温和得多的口吻说道。

"把脚上的雪掸掉，到炉灶这边来，从这儿看，它才漂亮呢。"母亲也接茬儿说。

我们绕来绕去来到了母亲的跟前，在她身旁的板凳上坐成一排。只在她的保护下，我们才敢更仔细地观看这盏煤油灯。我们从来没有想到它会像眼下这样燃着，但是我们细心研究之后，我们发现它应该像现在这样燃着。再多看了一会儿，我们觉得它也就跟我们原来想象的一样，它就应该像现在这样燃着。

可是我们始终纳闷儿火是怎样放进那个玻璃罩里去的。我们问母亲，而她却说："你们的确该看看这是怎么搞的。"

村里的人都争先恐后地称赞煤油灯，一个这样说，另一个又那样说。旅店老板的老母亲说："它燃着发光时就跟天上的星星一样稳当。"眯着眼的陪审官认为，就因为这个原因它是太神奇了："灯里不冒一点儿烟，否则会把房子烧着的，现在这样，墙壁就压根儿不会熏黑了。"父亲接茬儿说："一开始它是为小房间考虑的，但现在好了，也可以在厅堂里使用，再也不用浪费大量的松明了。只要一个亮光，不管有多少人，大伙儿都能看得见。"母亲则说："教堂里较小的枝形吊灯也没有它亮。"于是父亲叫我去取识字本，然后走到门口，能不能看得见把字读出来。我走到门口，开始朗读《吾主》。可是大伙儿说"这孩子会背这首诗"。于是母亲从书架上抽出一本赞美诗集交给我，我就开始朗读《耶路撒冷的毁灭》。

"啊，这孩子太神奇了！"村里人都感叹不已。

父亲还对大伙儿说："要是谁身上有针，可以把它扔在地板上，然后马上就能找回来。"

陪审官的儿媳妇胸口有根胸针，但她把它扔在地板上后，就掉进地板缝隙里去了，结果不管怎么找，也没有找回来。

五

等村里人都离开后，彼卡才走进厅堂。

在煤油灯奇特的灯光照耀下，他先眯了眯眼睛，然后安安静静地脱掉他的上衣和脚上的棉靴。

"挂在房梁上发亮的是什么东西？这东西太刺眼了。"把袜子搭在房梁上后，他终于开口问道。

"你猜猜这是什么东西！"父亲说，并且向母亲和我们眨了眨眼。

"我猜不出来。"他边说边走近煤油灯。

"这也许是教堂的枝形吊灯，对吗？"父亲开玩笑地说。

"也许是吧。"彼卡说。他开始觉得好奇，伸手想碰一下煤油灯。

"你用不着碰它——不碰它你也应该猜得出这是什么东西。"

"好吧，好吧——我并不想碰它。"彼卡用略为颤抖的声音说，并且后退到门旁的长凳上坐了下来。

母亲大概有点儿怜悯彼卡，因为她开始向他解释说，这不是枝形吊灯，而是所谓的煤油灯，里面点的是油，今后不再需要点松明了。

然而，这番解释并没有使彼卡就此开窍，相反他开始劈他那块白天搬进来的松明木，可是父亲对他说："白天我跟你说过现在不再需要劈松明木了，不是吗？"

"我可不记得了。那好吧，既然不需要松明火，那就不劈木头了。"彼卡把小刀塞进墙上的窟窿里。

"呃，放在那里让它生锈吧。"父亲说，而彼卡什么也不说了。

过了一会儿，他就开始补鞋。他踮起脚尖从房梁上取下一片松明插在墙上的夹子上，然后坐在炉灶旁的木凳上。我们孩子们比父亲先注意到这一点，因为父亲是背对着彼卡在煤油灯下削斧柄。但我们什么也没说，只是在我们中间嘻嘻地笑了一下，我们心里想："让他自己看吧——他会说什么呢！"当父亲看见彼卡后，他双手叉腰走到彼卡跟前，嘲笑似的问道："既然在别人的灯光下你看不见，那么你现在坐在这儿那样专注地干什么呢？"

"你看，我在这儿补我的鞋子。"彼卡说。

"噢，你在补你的鞋子——不过，要是我们的灯光下你看不见，没法干活，那么你就带着你的松明到萨乌那屋或者屋后去吧。"

彼卡真的走了。他把鞋子夹在胳肢窝下，一只手拿着木凳，一只手拿着松明火。他悄悄地走出房门来到门廊，又从那里走向院子。松明火在风中燃烧得比往常要亮，美丽的红彤彤光芒掠过了谷仓、马厩和牛栅的侧墙。我们孩子们从窗户往外观看，我们觉得这一切太美了。但是，当彼卡弯着腰走进萨乌那屋时，院子里一下子就黑了下来。我们看到的不是松明的亮光，而是黑色窗框里煤油灯发出的闪闪烁烁的光影。

从此以后，我们家的厅堂里再也没有点过松明。房梁上只有煤油灯在闪闪发光，礼拜天晚上村里人往往都到我们家来观赏这盏煤油灯。很快整个教区都知道，除了牧师家，我们是使用煤油灯的第一家。接着陪审官也买了跟我们一样的煤油灯。不过他又把它卖给了旅店老板，因为他从来也没有学会怎么点燃煤油灯。现在这盏灯还在旅店老板那里。比较贫困的农户还没有财力添置一盏煤油灯，他们今天仍然在松明火光下度过他们漫长的夜晚。

我们家有了煤油灯后不久，父亲就把厅堂所有的墙壁都刷成了白色，它们不会再被熏黑了，因为旧的带有内向通风口的炉灶拆掉后换成了新的带有外向通风口的铁皮炉灶。

彼卡用旧炉灶的石头在萨乌那屋里重新垒了一个石头炉子，厅堂里的蟋蟀也跟着石头移居到了萨乌那，因此厅堂里再也听不到它们的唧唧声了。父亲感到很高兴，但我们小孩子在漫长的冬天夜晚却常常怀念过去，于是我们就奔到彼卡住的萨乌那去倾听蟋蟀的叫声。在那里，彼卡仍然点着松明来度过他的夜晚。

表

　　马蒂走在爱斯普拉纳地*林荫大道上，心里想的是他的表——他没想别的，只是想他的表。他看了看格伦威斯特这座高层花岗岩大楼，眼睛浏览了一下这座大楼上闪闪发光的窗户、红彤彤的屋顶和美轮美奂的装饰物——他眼睛看的是这些东西，但心里想的却是他的表。

　　即使在爱斯普拉纳地大道上，马蒂也走得很干净利落，因为他一直是个干净利落的孩子，寡言少语，善于思考。他是个学徒，尊师爱友，口碑甚佳。

　　马蒂大部分时间是在往下看，看他的鞋尖和他的背心，因为背心上挂着一条闪闪发亮的铜制表链。

　　马蒂是从乡下来到赫尔辛基的，当了半年皮匠的学徒。

　　他从一开始就省吃俭用，一分钱都不浪费。然而，直到现在他才攒够了钱可以买这个表了。昨晚他拿到工资后，积蓄的钱就达到了所需的数目。

---

*　爱斯普拉纳地（Esplanade）是坐落于赫尔辛基中心的一条林荫大道。

昨晚一下班他就到钟表店去买表。实际上，这只表好几周前他就已经选好了，当时商定的价钱是 25 马克，不带表链。这是个圆形的怀表，上面镶有 4 颗宝石——它跟镶有 8 颗宝石的表一样好。钟表匠说他本人也有一只这样的表，他还说普通人用不着买比这更好的表。

这只表实际上并不是 25 马克，马蒂买的时候，钟表匠把价钱降到了 24 马克 50 贝尼，还加一条表链。现在这条表链正在天鹅绒背心上闪闪发光。天鹅绒背心和夹克衫是马蒂从一个犹太商人手里买来的。他现在穿着这件夹克衫，故意把纽扣解开，这样背心和挂在背心上的铜表链就都露了出来。

马蒂沿着爱斯普拉纳地大道走着——他先朝前看，然后看鞋尖和金光闪闪的表链，但看表链时总像是顺便看看似的。

爱斯普拉纳地大道上行人川流不息，教堂餐厅前面更是人头攒动，因为乐队正在那里演奏。马蒂并不喜欢在人群里挤来挤去，他喜欢人少的地方。对一个有表和表链的人来说，人少的地方更合适一些。这些东西在人群堆里谁也看不见——他自己都看不见，别人就更看不见了。

马蒂时不时地感觉到，有些人从他身边走过时瞥了一眼他背心上的表链。这些人这样是因为他们自己没有表。他们也许希望得到一只表，看来大多数人是没有表。那些把外套扣起来的人肯定没有表——要是有表，他们就会把外套的纽扣解开。

马蒂实在不知道他的手应该放在哪里，他试了试把手交叉放在背后。把手放在夹克衫的口袋也许更舒服一些，但夹克衫的口袋比较靠后，手这样放并不舒服——让手直接悬在两边也不舒服，因为这样一来手就会很别扭地来回晃动。最好是把两只手交替放在表链上——这样看表就很方便。于是，马蒂看了一下表，他的表是不是跟钟楼的钟走得一致？是的，完全一致，分秒不差——现在是几点？5 点 25 分。

马蒂把表放回了口袋。他从他的左半身感到表是在那里，是在背心左边的口袋里。他觉得有点儿不习惯——表好像透过背心直接碰到他的皮肤似的，但他还是觉得这样很好。以前没有表的时候，当走在街上或者爱斯普拉纳地大道上时，他总是走到一旁，让路给别人，特别是让路给戴表的人。没有表的时候，他简直是崇拜那些戴表的人。

马蒂一向是很害羞，很自卑——他不知道如何表现自己，这点他自己是感觉到了的——也许就是因为以前他没有一只表。现在他有表了，但是，即使是现在，他也不想表现得太冒失，太傲慢。然而，不管怎样，他觉得他比过去要自信得多了。至少他现在不会任何时候都给人让路。别人也可以给他让路——在街上走路时，跟别人相比，他是不是更应该让路？他决定，当然不是这样。他就是这样决定了，因为爱斯普拉纳地当然不是只属于这个人，而不属于另一个人。再说，他也是交了人头税的。

当大家看见他时，也许会认为，他是应该让路，而别人不用让路。如果这样认为，他们是大错特错了。你在哪里走，当然你就应该在哪里走，别人最好到别处去走。

是的，现在马蒂想在哪里走，就在哪里走——不过他还总是给人让路——他向自己保证，这样小小的让步是绝对必要的。要是谁也不让，那么谁也走不了。现在他不再是只给有表的人让路而不给没有表的人让路了。如果他要让路，他就给任何人都让路——有时候他这样做就是因为他喜欢这样做——是不是总是需要直线行走？有时候弯弯曲曲地走更有意思，一会儿在这边走，一会儿在另一边走。

马蒂很想有机会挤到警卫队中间，不给他们让路，因为他们列队前进时，是多么趾高气扬啊！但是马蒂并没有这样做——他怕被人家推着走，表链也许会被纽扣钩住而断裂，或者表会掉在地上而摔坏……

现在他的表是不是仍然完整无损？是的，完整无损，而且仍然在嘀嗒嘀嗒地走——那些卫兵，他们大多数人是没有表的。他们无缘无故地走在路的中间，他们想在姑娘面前表现自己。马蒂从来也没有想过女孩子——现在口袋里有了表，他更不会想她们了。把钱花在姑娘身上，这是太傻了——还是把钱省下来买些东西，比如说买只表。

在自己身上花点儿钱，没有什么问题——比如说喝杯汽水，花 10 贝尼，甚至 20 贝尼也并不算太多……于是马蒂喝了杯汽水。这次他是为他的表而干杯的！

马蒂是在一家门柱上有反射镜的冷饮店里喝的，从镜子里他可以看见他的全身和他的表链。马蒂一小口一小口地喝，同时眼睛顺着饮水杯朝门柱里的影像看了一眼，然后就起身去付钱。他给了 1 马克，找回来 90 贝尼。别的顾客，有的好像给 50 贝尼的硬币，有的是 25 贝尼的硬币，没有一个人给一马克的硬币。他们也许没有 1 马克的钱，看来大多数人也没有表。

马蒂根本不想摆架子。如果你认为他买了一只表就会自以为了不起，那你就错了。为了区区小事而摆架子，这真是太傻了——不能这样。不过其他的学徒和工匠也许昨天曾经这样想过——当他现在想起这事时，他觉得他们昨天好像是这样想的，尽管他并没有摆过什么架子，他只是开玩笑地问他们："你们的表现在几点啦？"

他这样一问，他们就开始嘲弄他，整个昨天晚上和今天早晨他们不停地问："几点啦，马蒂？""告诉我们，马蒂，你的表现在几点啦？"

他们大概妒忌他了，因为他们自己没有表——如果他们想要表的话，他们是可以得到的。谁都可以从钟表店里买到这样的表。

瞧，他们现在走过来了！马蒂走过去迎接他们，并且站定在他们的跟前。

"你的表几点啦，马蒂？"他们再次问道，并且大声笑着跟他擦肩而过。

正是如此！他们是妒火中烧！让他们妒忌吧，马蒂并不在乎——这是他们自己的错，他们应该把钱积存起来！难道非得花钱买啤酒喝吗？现在他们没有表，这是活该！如果省吃俭用，把钱攒起来，那你很快就能买了，这样钱就不会浪费掉。

马蒂有很长时间没有想到看表了——到目前为止已经过去多长时间了？

"让开，小伙子！"

那个卫兵把他看成是什么人了？他以为自己是可以摆布别人的老爷吗？万一表掉在地上他赔得起吗？

马蒂怒气冲冲地朝卫兵的背影盯了一眼，但卫兵只是往前走，他的裙裤来回摆动着。

"噢，你在这儿，我到处在找你呢！"

这是安第，他也是个学徒，跟马蒂是同一个师傅。他们是同时从农村来到城里的。

他俩是好朋友，为了买表他们一起攒钱。昨天马蒂就达到了所需的数目，而安第还缺很多——他好像攒不了很多钱，他很羡慕马蒂，因为他能攒钱——而马蒂却喜欢安第，因为他跟别人不一样。马蒂现在买了表，他就更加喜欢安第了，因为安第看着他的表时，同时带着羡慕的神情看着马蒂。

他俩是一起去买表的。马蒂希望安第跟他一起去，但他们对别人却是守口如瓶。

安第并不想把表拿在自己手里，尽管马蒂千方百计鼓励他，甚至叫他把表放在自己的口袋里。"试试看吧！"他对安第说。

"万一我失手怎么办呢？"安第说。

"你不会失手的，我拽住表链儿。"

直到那时安第才敢把表拿在手里，他把表翻了个个儿，很惊讶地盯着它看，末了，他叹了口气把表还给了马蒂——马蒂觉得，世上没有比安第更好的孩子了。

至于其他的学徒和工匠，跟安第相比，他们都是一群猎狗。他们一看见这只表就马上从马蒂手里抢了过去，把它团团围住，连马蒂都看不见这只表了。他们打开表壳——他们应该知道车间里的灰尘对表是有害的。即使表停了，他们也不在乎，因为这是别人的表。

"你的表几点了？"安第问。

　　"咱们先坐下，然后再看——"马蒂和安第在一条空板凳上坐了下来，然后马蒂瞧了瞧他的表——他的表是 5 点 55 分。

　　表链挂在天鹅绒背心边上，马蒂看了它一眼。安第也斜视了它一下，然后他举起手碰了一下表链。马蒂把整个儿表都交给了安第。

　　"试一试，能不能把它打开？"

　　"要是坏了怎么办？"

　　"不会坏的。"

　　"我打不开。"

　　"你不会，给我，我做给你看。这样——你用大拇指摁一下这个按钮，你来试试。"

　　"瞧，它打开了！那里面写的是什么？"

　　"4 颗宝石，第 17534 号。这是这个表在这个世界上的号码。那么多人拥有跟我一样的表——你也买一只吧！"

　　"我没有钱。"

　　"难道你不想要一只表吗？我觉得你是很想要一只表的。"

　　"并不十分想要。"安第说。但马蒂看得很清楚，他是很想要一只表的，因为他说这句话时嘴角稍微抽搐了一下。

　　马蒂让安第看表看了很长时间，把表放在他的前面，甚至把表放在他手里让他看，他压根儿不怕安第会把表弄坏或者掉在地上。他觉得，在这种情况下，安第显得比以前要渺小得多。他又不太理解，与安第相比，他为什么显得比以前要高大！以前他并没有注意到这一点，只是偶尔当他们对比储存的钱，发现他比安第存得多时，他才注意到这一点。

"要不要把表放回口袋里？"

马蒂把表放回口袋里，但他马上替安第感到难过，因为安第也许还想看，于是他又把表拿出来给安第看。可怜的安第，他没有表，瞧，他坐得太靠边，差不多要掉下来啦——他的鼻子尖就跟刀尖一样锐利——他在抚摸别人的表和表链。

如果马蒂是个有钱人，他可以把这只表送给安第，给自己买一只锚链表——他真的替安第难过。

"对你来说，怀表行不行？"

"当然行，不管什么表，只要是表就行。"

"我打算有朝一日买一只锚链表。"

"那这只表你准备怎么处理？"

"我不知道，也许卖给别人。"

"卖给我吧！"

"现在我还不想买新的——当我成了工匠后我再买。既然我现在已经有表了，我看起来有点儿像工匠，是吗？"他装着开玩笑的样子。

"是的，有点儿像工匠。"

"而你看起来仍然是个学徒。"

"因为我没有表。"

"是这个原因吗？你想喝汽水吗，安第？我刚喝过。"

马蒂觉得一股慷慨之感突然涌上心头。他感到他好像欠了安第一杯汽水似的——这个可怜的家伙连一只表都没有，天晓得，他什么时候会有一只表——但他马上又后悔他提出请安第喝汽水，因为买汽水是要花钱的，当然钱并不多，只要 10 贝尼就行了——你毕竟应该对你的伙伴有所表示，因为他连表都没有。

马蒂自己也又喝了一杯，还跟安第一起碰了杯。

"安第，现在你应该说祝我的新表交好运！"马蒂说，他装着开玩笑的样子。

"好吧，祝你的表交好运！"

他俩一起笑了起来，马蒂的情绪越来越高涨。他心里从未有过像现在这样的激情。

"瞧，卫队又走过来了，让我们假装没看见——不，我们不能走到旁边去——他们还以为我们给他们让路呢！咱们一直往前走，眼睛一直往前看，我们也能表现得很傲慢。"

安第并不理解为什么要这样做，但他还是设法照着办。

"他们回头在看我们吗？你为什么不看啊？"卫队走过去后马蒂问安第。

"他们没有在看我们，他们只是继续往前走。"

马蒂感到有点不高兴。

刚才把马蒂推到旁边的那个卫兵走了过来，他胳膊上挎着一个女孩子。他们走在路的中间，马蒂也是在路的中间。安第让到一边，而马蒂不让——他故意专心于走路，肩膀撞到女孩身上，结果她只得停了下来。

"你没长眼睛吗？"女孩说。卫兵也骂了一声。马蒂只是对安第痴笑了一声，假装不知道发生了什么事。

"他为什么这样做？"安第心里不明白，而马蒂却越来越来劲儿了。

"咱们去喝瓶啤酒吧！"

马蒂建议去喝啤酒？安第现在无法理解马蒂了，因为他从来也没有——当安第偶尔想跟别人一起去酒店时，马蒂总是要责备安第。

"你瞪着眼睛看什么？咱们走吧！"他们已经来到了加贝利餐厅。

"咱们在这儿坐下怎么样？"

"不能。"

"为什么不能？"

"我们不能坐老爷们的座位。"

"只要我们付得起钱，我们跟别人一样也是老爷。"

"这儿太贵。"

"那我们去哪儿呢？"

"咱们到酒吧去吧！"

马蒂真想在圆桌旁的小软椅上坐下来，那样他就可以往后靠在软椅上，交叉着双腿，就像旁边那位老爷那样把手放在表链上，而那位老爷的表链也没有马蒂的表链那样闪闪发光。那是钢制表链，颜色偏黑，他的表也好不到哪儿去。

"那儿听不到音乐。"马蒂抱怨说。

然而他们还是同意去酒吧，酒吧就在农贸市场广场旁边，安第知道这个地方。

"瞧，我现在把表抛到空中——又在空中把它接住——你绝对不敢这样做！瞧，再来一次！"

"别掷，千万别掷！它会掉在地上摔坏的！"

"现在我把表放在嘴里，我还可以把它吞下去——咱们再去喝点啤酒！"

"马蒂，你这样做对表有害，把表从嘴里吐出来，把它放进口袋里！"

"这是我的表，难道不是我自己的钱买的吗？"

"是的，是你自己的钱买的。"

"难道你的啤酒不是我付的吗？不是我付的吗？"

"是你付的，是你付的——不过我会付我的那一份，如果——"

"是的，不过是我给你付的。你没有这个钱。你的表几点啦，小伙计？"

"我可没有表——至少在我买表之前，我是没有表的。"

"买表？你用什么去买表？"

"我用自己的钱，等我攒够以后——"

"你永远也攒不了那么多钱。"

"你怎么知道？"

"瞧，你是多么容易发脾气——你发什么脾气，我已经替你付了啤酒钱。"

"是你自己请我为你的表干杯的——"

"你可以付第二瓶的钱！"

"这是你点的。"

"是你喝的，不是吗？既然第一瓶是我点的，那么你就应该点第二瓶——你是个吝啬鬼，表你永远也买不起——我有一只表，而你永远也不会有表。你太贪财啦！"

"好吧，那你走吧！我不跟你一起走了——你喝醉了，你在胡言乱语。我回家了——"

"走吧，赶快走——表你是永远得不到的，而我已经有了一只表——闭住你的嘴巴！瞧你的鼻尖，像刀尖那样尖，真是太尖了！"

对安第来说，最大的侮辱就是说他的鼻子太尖，跟刀尖一样尖。学徒和工匠能把他惹火的唯一办法就是叫他尖鼻子。谁叫他尖鼻子，他就会大发雷霆——他会大声喊叫，把车间里的鞋楦掷得到处都是，把桌椅全都推倒，并且破口大骂。如果某个长者抓住他的手，要他平静下来，他没辙了，就会咬这个人的手。

安第哇的一声哭了起来，并且转身就走了。

马蒂是唯一对他好的人，其他人对他都不好。只有马蒂，他从来也没有讥笑过他的尖鼻子，当别人讥笑他时，马蒂就会站出来保护他。而现在，连他都像别人一样讥笑他，而且完全是无缘无故的。这刺痛了安第的心，于是他哭了起来。他觉得他们不可能再成为真正的朋友了。他觉得，连马蒂都变成这样了，所以这个世界就不会有正直的人了。这样的念头使他更加想哭了——他并不想对马蒂使坏，但他情不自禁地希望马蒂会把他的表掉在鹅卵石铺的街道上，结果摔坏了！

马蒂沿着岸边的石头广场朝着爱斯普拉纳地走去，晃晃悠悠，差点儿摔倒——这就是安第，一个尖鼻子——这样的人有什么了不起的！

也许是酒劲冲上头了——不，喝这么一点点，对成年人来说，这不可能冲上头的。1，2，3——敲了几下了？7下，是的，我的表跟钟走得一致，我跟其他老爷一样也是个老爷！

那儿有音乐——马蒂跑着来到了教堂餐厅门前。

"小伙子,你有表吗?"

"我?没有,你呢?"

"我虽然只是个学徒,但我有表。你是干什么的?"

"你没有表——你是在撒谎——"

"你没有看见这条闪闪发光的表链吗?挂在背心上。"马蒂挺起了他的胸膛,"我有一件天鹅绒背心、一只表、一条表链——"

"你也许有表链,但你没有表。"

"没有表吗?你瞧,哈哈,这不是表吗?"

"看来你是有一只表,这很好。"

"你别走,如果你不信,看看表壳里面是什么,这是圆锥——"

"别让它掉下来!"

这句话使马蒂大吃一惊,他赶紧把表放到口袋里——他是不是差点儿失手让表掉下来了?他一定有毛病——什么毛病?他的脑袋?安第去哪儿了?他把表丢了吗?如果丢了怎么办?不,不,它在他的口袋里。它在走吗?它还在走——把它放好,千万别丢了!

这时候音乐又响起来了。人们涌到音乐台周围,开始听乐队演奏。马蒂就挤在人群中。他也开始听音乐——跟着音乐用头或者用手打拍子——不一会儿他用整个身子打拍子,他甚至把他的表都忘了,他曾经有过一只表他都不记得了。

但过了一会儿他连音乐和节拍都忘记了,就好像它们从来也没有存在过似的。他发现不远处,音乐台尽头有人在盯着他看——这人为什么看着他?她在看什么,笑什么?她对他眨眼,好像认识他似的,她为什么这样做?即使他假装看别处,她也仍然盯着他看——接着她跟另一个女孩交头接耳地说了几句，但眼睛却仍然盯着他看。这两人都看着他微笑——然后只有一个人看他，这个女孩戴着手套，身上穿着红色的连衣裙——披肩——领子——红彤彤的脸颊——眼睛——眼睛就是盯着他看——

马蒂觉得好像被人举了起来，同时又被人东推西拉，不管怎么样，他不得不冲着她们挤过去——可是前面聚集的人很多，他一动也动不了。

马蒂想从人群中穿过去，但反而被挤得直往后退——有一段时间他看不见那两只盯着他看的眼睛，他就踮起脚来，想从人群上面看过去。

噢，他看见她了，他发现她也踮着脚在看——她仍然在看他。他的心从来也没有像现在这样剧烈地跳动过。但他没时间去考虑了，他只是竭尽全力往前挤，他想挤过去，挤到——

就在这个时候，音乐突然停了，人群散开之前马蒂被推着走了几步——此时他突然想起了他的表！

这个念头闪电般地掠过他的脑海——

他摸了摸表链——

表链已经松开了，只挂在别针上——

他赶紧把手伸到背心左边的口袋里——

口袋是空的！另一只口袋也是空的——

不，他还是不相信，但一股绝望之感已经袭上心头——到了喉咙里——拼命想喷发出来！

表不见了——表不见了——不在胸前的口袋里——不在裤子的口袋里——也不在背心的口袋里！

这时，这股绝望之感喷涌而出。

"它被偷了！它被偷了！我的表！——抓小偷！"

他顺手抓住了第一件外套的褶边，然后第二件，第三件……最后是警察外套的褶边，这位警察是赶来安慰他的。马蒂甚至把他都当作小偷——他一边大声喊叫，一边哭了起来。

警察一把抓住了他的脖子，把他从人群中拽了出来。

"抓住他！小偷！抓住他！"马蒂喊道，但警察叫他回家，明天到警察局来。

马蒂在回家的路上边哭边走，而且喃喃自语。

整个这个星期他干活时总在喃喃自语，因此别人都觉得他疯了。

好几个星期日他不到爱斯普拉纳地去散步了。但当他后来再去那里时，他只是靠边走，给所有的人让路——不喝汽水，永远也不去音乐台。

他就是这样无精打采地走着，他好像什么也不想——但他还是在想，每走一步他都在想——他在想他需要多长时间才能攒够钱买一只新表……

忠 实

一

今年夏天安第必须留在城里，替一个有钱的人上班，因为这个人正在乡间度假。安第已经订了婚，但在得到固定收入之前，他不能结婚。他还需要取得一定的资历，为此他只得留在城里。

夏天在赫尔辛基工作很辛苦，也很腻烦，特别是午饭以后情况更加糟糕。不管怎么样，上午坐在办公室里还可忍受，可是到了下午3点你得去餐厅吃饭，那里的房间正当西晒，热得要命，家具上套着使人感到不舒服的白色外罩，蜡烛灯架上披着白纱，墙上挂着蹩脚的油画，你在那儿既感觉不到家里的那种温馨，也享受不到饭馆里的那种舒适。从那儿出来，你还得回到你在克罗诺哈克的住所去，沿着因脚手架而变得狭窄的街道，你得缓慢地行走，同时你还要经过那些窗户用白垩粉刷过的房屋。

这是仲夏节前夕。他的同事们大多数都被邀请到岛上去度假，但安第没有熟人，他绞尽脑汁想到什么地方去走走，可总是想不出来，于是只得回他的住所。他回家后常常是坐在桌子旁，把胳膊靠在桌子上，抽着烟，从窗户里向外看，瞧瞧街的对面，那里正在盖一所石头房子。然后，他从床上把枕头挪到沙发上，把鞋子踢到桌子底下，睡一个小时或者更长一点儿。即使这样，晚上仍然有好几个小时没法消磨。他怎样去打发掉这段又长又单调的时间呢？教堂餐馆、卡依伏公园酒店和黑斯里亚饭店，这些都是高消费的地方，另外，人也不应该每晚都去那里呀。要是他好好想一想的话，他事实上几乎每天晚上都去那里。星期六晚上去是因为周末的缘故，星期日也是同样的理由，其他的日子都是日常的例外。

今天，坐在桌子跟前老地方凝神往外看，整个世界好像比以前更令人腻烦了。对面的工地空无一人，木栅栏的大门紧闭着，上面贴着"禁止入内"的告示。

此刻要是在乡间，在远方的萨伏，与心爱的人一起待在她的家里，那有多好啊！而现在却是天壤之别！要是能够无忧无虑地躺在吊床里，划船泛游，手牵手地闲逛，坐在她的衣裙边，把她搂在怀里，在没人窥视下接吻拥抱，那该是多么幸福啊！

当他正考虑干些什么的时候，他想到写封信。他拿出钢笔和信纸，把它们摆在面前，在信纸上方记下日期，稍低一点儿写下"亲爱的米亚！"可是他不知道该怎么开头，该怎么往下写，于是他决定先睡一会儿，把午后的困倦驱走。

起床后，他又面对着信纸坐了下来，刚才写的字已经干了，而且还发出亮光，此时他仍然没有心情写信。他点了一支烟，但这也没有给他带来半点儿灵感，根本没有什么事好写的。凡是像安第那样订婚已有三年的人，通常是缺乏话题的。你应该倾诉你的爱情，表达你的思想，但你又找不到新鲜的字眼。安第虽然已经使用了他所知道的芬兰语中关于这方面的词句，但他还是找出一些新的表达方式："我的宝贝！""我的心肝！"

他只得站起身来，在地板上踱来踱去。他喝了口水，打开窗户，靠在窗前往外看看。目光所及之处，每条街道都跟他的脑子一样空空洞洞，人们大概都下乡去了。眼下是 7 点，他们此刻都在高岛、戴格罗岛和伴侣岛郊游呢。

他集中全副精力，终于在信纸上写下："现在是仲夏节夜，我独自一人坐在屋里给你写信。要是你知道我是多么——"写到这里，他又顿住了，就跟小学生写作文时那样写不下去了，而安第一向是不善于写作的。

当他凝视着手指甲时，听到下面街道上传来赶路人快速的脚步声和短促的谈笑声。两个漂亮的女服务员正忙着赶向海滨。她们可以去玩一个通宵。她们都穿着节日的盛装：头上披着带有长穗子的白头巾，裙子紧紧地围在她们那苗条而壮实的腰肢上。

安第想起自己三年来一直对未婚妻是忠实的，像个正人君子那样击退了所有向他袭来的诱惑。他参加体育锻炼，每天早晨洗冷水浴，派对一结束就直接回家。

两位姑娘很快地在拐弯那儿消失了，街上比以前更空洞。安第的脑子也是如此。

"可是我干吗不能去呢？我干吗不能到戴格罗去过节呢？每半小时就有一班汽船开往那里的啊！这又是这样美丽的夜晚！我整个星期都在呼吸灰尘，难得遇到这么一次投入大自然怀抱中去的机会，而我却把自己锁在房间里！这是不行的。"

他伸直身子，吐出胸中的闷气，敲了敲肋骨。他觉得坐的时间太长，腰板酸痛极了。

这里的确有这样一个障碍，今天是寄信的日子，他如果此刻耽误了写信，就会赶不上邮车。米亚得走两公里路去邮局取信，她要是什么也没拿到，就会不高兴，就会怪他冷酷。这样就得来一大套解释和保证。然而不管怎么样，这样一来至少会有东西可写了。再说，一个人高高兴兴地出去玩一趟，回来时总会有好多新闻可以填满一张纸的——不过这并不是最重要的。一个人不会老是有兴致写情书呀！如果她生气，就让她生气吧！

如果安第自我检查一下，他就会发现，这种几乎是无缘无故的急躁心情，以前已经出现过好多次了。那年冬天，当未婚妻在城里时，两人常在一起，一种无能为力的情绪，一种不愿意痛快地发泄自己感情的心情抓住了他。他无法使自己的嗓音带有心中愿意表达的那种温柔调儿。只有在"芬兰文学协会"的晚会上，当她穿着一件新衣服，或者他喝了点酒，心情稍微开朗些时，他才能像刚订婚时那样热情起来，心里扑通扑通地跳，说起话来也颤抖不停。

他把那封已经开了头的信塞进抽屉，并且很快就把它锁住。他急急忙忙穿上衣服，把烟盒装满香烟，同时在口袋里塞了一包火柴，很快地跑下楼梯，好像怕别人把他丢掉似的。从他的后面来看，他这样匆匆忙忙，人家还以为他是打算去干他自己都认为是不合法的勾当。

转瞬间，他已经站在南码头的一艘渡轮旁边了，瞧着那些去寻欢作乐的人们陆续上船。马车夫一个接着一个地驱车过市，驰向海滨。为了庆祝仲夏节，马颈上都系着桦树叶子。一群群帽子上戴花的男人和胸脯上别着玫瑰花的女人，急急忙忙前来搭船，胳膊上都搭着外套。

渡轮从头到尾都挂着五彩缤纷的旗帜，甲板上的栏杆扎着仲夏的桦树枝。安第也向卖花姑娘买了一束花。

大家都忙着下乡，匆匆忙忙地沿着踏板上船。安第还有点儿犹豫不定，但在船夫正要解缆时，他也跳上了船。

二

游乐场上洋溢着音乐和欢乐的人声，但他却干吗那么郁闷地坐在离那儿不太远的路边的一块石头上呢？他干吗刚一到这儿就想躲开这些玩乐，只等待下一班渡轮把他载回城里去呢？

当猫扑捉一群小鸡，而一只也没有捉到时，它就会害臊地夹着尾巴溜掉，心情十分懊丧。

安第心里明白他并不打算抓到什么，但他是郁郁不乐才退到这边来的，此刻他正绷着脸用手杖在沙土上戳来戳去。

汽船上的姑娘们一个接一个从船上跳到岛的浮桥上。她们的动作轻盈自在，走路时衣裙沙沙作响。年轻小伙子向前迎去，脸都不红地搂着她们的腰肢，或者挟住她们的胳膊，满不在乎地把她们再转一两圈，才放她们走。接着她们就连走带跑赶向游乐场，长长的人流挤满了整条道路。

虽然安第的脚板也有点儿痒，但他还是缓步向前走去，让那些匆忙的人从他身边飞快地走过。姑娘一个接一个也跟他擦肩而过。她们假装逃开那些追逐她们的小伙子，但是走不了多远就让他们逮住了，随后他们便手拉手地一起来到游乐场。

安第到那儿时，人们舞兴正酣。乐师们站在正中，周围的人翩翩起舞，既随意又火爆。舞伴们一对对互相紧搂着，跨着大阔步，一会儿跳跃，一会儿转圈，风姿潇洒，动作敏捷。头巾落到肩膀上，帽子掉在脖颈后面。你到处都可以看到有人嘴边上叼着一支雪茄，好像故意要这样做似的。

那儿有士兵、宽胸脯的水手、岛上健壮的庄稼汉、手工艺人和一些大学生。女人当中有女店员、女裁缝、街头女郎、工人家庭的女儿和有钱人家的女仆。安第曾经在街上见过她们中的一两位，另外还知道个别几位的名字。但是这儿没有一个人认识他，因为他还是很久以前跟她们一起玩过。

然而这儿也没有一个人注意他，因为每位姑娘都有自己年轻的男伴，其中有些小伙子甚至左右逢源，一个胳膊挎着一个女伴。安第除了有根他要倚靠的手杖外，什么也没有，他时不时地停下来，瞧瞧这一群，望望那一堆。不晓得为什么，这时候米亚好像离他非常遥远。这儿的女人，在他看来，都长得美貌动人。其中有几个，那么年轻、苗条、活泼，你瞅着她们心里就高兴。她们有饱满的精神、天真的举止和像牛犊子那样的、毫不做作的快乐心情。她们正在欢度仲夏节，有一个通宵可玩。她们的男女主人也都下乡了，她们决定一年一度在这海岛上，在这葱翠的草地上，在这岩石和树丛中，尽情地欢乐一番。

天晓得她们究竟在笑什么？她们从自己的男伴那些无聊的俏皮话里能找到什么使自己那么高兴？这个安第不明白。不过他也真想成为一名那样被她们赞扬的英雄。他也想像他们那样搂着她们的脖子，在她们耳边喃喃地说些有趣的笑话，学习他们耍弄的那些花招，使他的行为在今天晚上表现出某种程度的狂热，而这种狂热看来会不可抗拒地吸引这些年轻的姑娘们。

他等呀等，等了很长时间，睐睁着眼睛，脸上露出很僵硬的表情。

假如他在这没有人认得他的地方加入这群人，跟这群人一起跳舞，又怎么样呢？假如他这样做，会对谁有害呢？假如他像现在这样生活，会对谁有好处呢？这不是活着，这是枯萎！这简直是胡闹，或者至少是幼稚，这是当今那种怯懦的理想主义。是的，怯懦。人们不敢像造物主所要求他们的那样生活。永远是在躲避，永远是在提防。一百个人当中也没有一个在心眼儿里是真正忠实的。现在瞧瞧这儿的人，他们的生活可大不相同。他们不了解受过教育的人们那种愚蠢的原则。他们男的女的都在充分享受生活。这就是他们为什么那样快活、精神抖擞、生气勃勃的缘故。他们知道怎样欢度他们的仲夏节，他们知道怎样在这个阳光节中纵情欢乐。

这些都是他脑子里所想的，而他的双眼却追随着一个活泼可爱的姑娘，她没戴帽子，正站在那儿用头巾扇她那跳舞跳得发红的脸蛋儿。他鼓起勇气向她靠近，向这位年轻的姑娘问好，提了提今天天气好。他想装得自在、随便一点儿，但他听到他说话时带着的却是一种空洞、虚假的声调。姑娘把他当成陌生人来对待，她几乎带着很尊敬的神情向他点了点头。

安第问她能不能和他跳个舞，她回答："好吧！"但表现得十分拘谨、严肃，就像上流社会的女子所表示的那样。她一点儿也没有安第刚才看见她向另一位请她跳舞的小伙子所表示的那种坦率和大方劲儿。跳舞时，安第把她拉到身边，紧紧握住她的手，但没有得到任何回应。他感觉到他们俩走得不合拍，跳得不谐调。当他想加快速度把她旋转一下时，他们俩的步子就乱了，只好停下重跳。跳完这场舞，他们俩并排站了一会儿，一句话也没说。

"我可以请你喝杯茶吗？"安第最后问道。

"不，谢谢。不喝也已经够热的了。"

"也许你喜欢来杯柠檬水什么的？"

"不，谢谢。我现在什么都不要。"

"你是不是在找熟人，小姐？"

"熟人？你这是什么意思？"

"怎么，小姐，你好像在向四处张望。"

"不，我没有什么特别的熟人。"

"那么，小姐，你是一个人在这儿吗？"

这句话，安第没有得到任何答复。

"你打算在这儿待很久吗，小姐？"

"我现在还不打算走。"

"你愿意不愿意去散散步？那边树林里一定很美。"

"你要散步你就去吧，我是来这儿跳舞的。"

"现在舞会暂停了。"

这时候走来了一个穿白色坎肩的手工艺人，他请姑娘跳舞，他们俩跟以往一样很般配，一会儿转到右，一会儿转到左；有人碰巧把他们撞在一起时，他们便心满意足地笑了笑。

安第凝视着他们，等待着他们分手，可是乐声一停，他们便彼此搂着腰，散步去了。

其他的伴侣也都一样，转瞬间附近的树林里挤满了人。每块往外突出的岩石上都有人，每棵树下都传来窃窃私语声，吃吃的轻笑声或咯咯的大笑声。

也就因为这个缘故，安第只好又颓唐地、几乎是伤感地坐在那儿，用手杖在沙地上戳来戳去，心里真想离开这儿。

他觉得他在这儿好像是个多余的人，他感到自己真是一事无成。他几乎好像吃醋似的。世界在他看来是多么微不足道，生活就像一根朽烂发霉的木头，一点儿味道都没有。

重新奏起的音乐和游乐场上的喧嚣，使他感到心烦意乱。那些人跳舞时就像牛犊子那样活蹦乱跳，这简直是太笨拙了，太粗鲁了。

他开始想念米亚了。他心中出现了一个不可抗拒的愿望：要非常温柔而热情地给她写封信。

他不忠实了吗？在脑子里也许是。但他准备乘头一趟返回的渡轮回去这一事实，证明他是个能够抵抗诱惑、有坚强意志的男子汉。

<h2 style="text-align:center">三</h2>

他一回到他的住所就从抽屉里取出那封已经开了头的信：

> 亲爱的米亚！现在是仲夏节夜，我独自一人坐在屋里给你写信。要是你知道我是多么——

从这儿他继续往下写，这回他很容易发挥了：

　　爱你胜过一切啊！你不知道我是多么地想你啊！我是多么高兴地把有一天能拥有你视为我最大的幸福啊！你为什么不在我的身边？否则我可以亲口对你说，低声地对你说这些话。我为什么不能拥抱你，吻你的额头、你那红彤彤的脸颊和你的朱唇，抚摸你的美肤，用我的手臂搂住你的脖颈？

　　没有你，我简直什么也不是！我今晚本想玩一玩，去参加戴格罗的一个群众游艺会，但我很快就回来了，我是带着愁伤和渴望的心情回来的。在这种交际场合中，我简直待不下去。我也许有点儿过于贵族气派啦！当我现在想起那儿的情景和所看到的种种东西，我仍然感到十分厌恶。那些从城里去的、身穿劣等毛织品的人，在乡间美丽的大自然的怀抱中，恣意寻乐，使我感到世上再也没有比那更丑恶的了。我尽快地从那里退了出来。我喝完一杯茶，就搭头一趟回来的船径直回到城里来了。

　　然而，我到那儿去了一趟并不后悔，因为在归途中，我可以独自一人，不受任何干扰，头脑里只有你一个人，我的米亚。如果我是个诗人，如果我有支画家的笔，我会把我现在脑海里的思绪，把我坐在渡轮甲板上所看到的、所赞赏的大自然的景致绘成美丽的图画。我们那艘"涅克尼号"渡轮穿过东部的岛屿时，海水在我们前方涌出白花花的泡沫。大海和附近的树林一样静悄悄。岛屿和海峡屹立在明亮的仲夏夜中，显得格外美丽。岸上点起了熊熊的篝火，这儿那儿你都可以听到歌声和音乐。这真是个令人陶醉的时刻！如果那时你，我的米亚，就在我的身旁，那么这一切便会变得更加迷人和美满。

尽管你本人不在这儿，但是精神上你还是跟我在一起的。我每时每刻都在想你。我想象着在我得到正规工作时我们所建造的那所漂亮的小房子。我们相依为命，我们会选择自己的伴侣，我们只邀请几个最好的朋友。

米亚，你还像以前那样爱我吗？你也许不像我们刚订婚时那样爱我了，这种怪思想有时在我脑中作祟。我有时妒忌这整个儿世界，心想没有人关心我，甚至你也是这样。在乡间，年轻小伙子多得是，你也许会把我忘掉了。原谅我这样多疑，我这样说只是因为我率直，否则我是不会说的。我知道这全是胡思乱想，你就是在脑子里也不会对我不忠实的。这一切都是由于我在这儿感到很寂寞，好像被世人抛弃似的。要是我听到我的想法全错了，那我会很高兴的。告诉我：你爱我，我知道你是爱我的，但我还是请求你告诉我，跟我说上一千次。

啊，一个人知道自己在爱着一个人，同时也受着对方的爱，可以向她倾诉自己的哀愁，向她打开自己的整个心灵，那是多么的幸福啊！

再见，我唯一亲爱的米亚！给我写封长信，把你所想到的所感受到的都写下来。你手下写的每一笔，你嘴中道出的每句话，对我说来都比黄金还要宝贵。和我们的爱情相比，世界上的金子——

写到这儿，安第想了一会儿，该怎么往下写呢？这时一个美丽的想法突然涌上心头，于是他重新写道：

　　　我们已经找到彼此的幸福，与此相比，世界上的金子能算得了什么呢？
　　　问候伯母和伯父。热情地吻你一千次。
　　　　　　　　　　　　　　　　　　你永远忠实的
　　　　　　　　　　　　　　　　　　　安　第

　　　又及——我心里要说的话还没有写完一半，可是我必须在今晚把这封信带到火车站去。我要亲手把它投在车站的邮筒里，免得遗失，让你白跑一趟邮局。等我再回到家里，上床睡觉时，我将在闭上眼睛以前只想着你一个人。
　　　　　　　　　　　　　　　　　　你永远忠实的
　　　　　　　　　　　　　　　　　　　安　第

　　这样一封温柔而热情的信，米亚很久没有从安第那儿收到过了。她别的什么都不知道，她除了想安第外，别的什么都不想。她相信世界上没有一个人能比安第更正直、更纯洁、更高贵了——因为她了解他对各种事物的看法——当她得到爱人在爱情上这种新的保证时，她快乐得马上躲进自己的房间，给他回信。
　　她开头写道："亲爱的，亲爱的，亲爱的安第！！！"接着她说她想到他那样热烈地爱她，高兴得现在身上还在发抖呢。她一遍又一遍地读他的信，等她睡觉时，她要把它放在枕头底下。当她想到安第在那闷人的赫尔辛基一定很寂寞时，她哭了。唉！要是她能想些法子使他们的小家庭尽快建立起来就好了!

安第,你怎么会想起我对你不忠实呢?我除了想你之外,什么也不想,什么也不关心。你可以猜想得到我是不参加这儿年轻人的玩乐的,除了极个别几次外。如果你愿意的话,我可以不跟任何人来往,不去远足,也不接受任何邀请,就像你不跳舞、不参加群众娱乐那祥。我常常坐在园子里那棵刻着我们的名字的桦树下,去年夏天,我们在它的树荫下度过了许多难以忘怀的时刻。我坐在那儿做活儿,哼着你爱听的歌。有时我乘小船在湖中荡漾。这儿是多么美丽啊!你的确已经成了一位诗人了。我一遍又一遍地读你那段对渡轮沿着芬兰岛屿航行的精彩描写。我又把它念给爸爸妈妈听了。你不会生气吧,呃?他们非常喜欢你,老问我你在信上写了什么。

米亚写呀写,她写了一页又一页。她是"非常高兴,非常高兴!"过去她怀疑过安第的感情,觉得他越来越冷淡,她这样认为是完全错误的。她把忠实于她的安第想象得那么坏,她感到内疚。于是她最后写道:

哎呀,哎呀,我是多么疯狂地爱你啊!再见,最最亲爱的安第!给你千千万万个飞吻。

你的小米亚